三民叢刊208

# 神交者說

虹影著

三民書局印行

# 神交者說

## 目次

講述結束就結束在
吸一口氣重新開始

——約翰・阿什伯瑞

# 奔喪

## 1

星期二清晨，我接到二姐電話，說昨夜父親在睡眠中突然去世，早晨母親才發現，葬禮準備在星期五舉行。三句話後，她放下電話。從重慶到歐洲打長途，對她來說太貴。仍握在手裡的話筒，嗡嗡叫，很像一個蜂窩。

到衛生間洗臉刷牙後，我坐下，打電話給航空旅行社的一個朋友。那邊說明天班機已無票，二天後，星期四，有餘票。晚上八點三十分起飛，星期五中午一點十分到北京。我算算，嘆了口氣，下午，班機什麼時候到重慶？

她說上午下午不一樣麼？你有急事？我說，我父親過世了，我去奔喪。

她聲音一怔，說，真是，真是讓人悲痛的事。

聽了她的話，我第一個反應就是：我怎麼還沒有悲痛，我為什麼要別人為我悲痛？我請她幫我辦一下，在機場取票，就放下電話。好多事需要處理，每天做不完的事，夏天衣服輕便簡單，一件件往箱子裡裝，父親死了，父親不在了，這對我意味著什麼，可能不過是多一系列事而已？我抱住衣服，像一個女兒應該的那樣哭起來，但我不知道我有什麼必要哭。

## 2

第二天晚上按約赴一個聚會。我可以推脫，但為轉移心思，我還是去了。

我們坐在栗樹下吃晚餐，西紅柿汁加了一圈黃瓜汁，顏色花梢，味淡如四周人的臉。我沒有食欲，開始數桌子邊的人，除了三人認識，其他五人陌生。這個夜晚，有兩隻貓，時不時在桌下散步，牠們是姐妹。另一個國家打了幾年的戰爭停止了，和平似乎來臨。我從葡萄酒換成水，沒汽泡，既未冰過，也未加熱。我身體往椅子裡縮。

父親，你會不會在我面前經過？餐桌上有非常好的魚，你沒有見過。我希望你在我對面的那個位子坐下來，可以借任何一個位置上。但我看不到你，父親，你的魂在哪裡飄游？貓在舔我的腳趾。

我躲在五哥身後。淹死的人浮在長江沙灘上，渾身腫脹，有的翻著白眼，直瞪瞪盯著你。這肯定是冤死的！五哥說。男的要四天，女的要七天，才能從水底浮上來。

父親說過，男餓三，女餓七。

那是餓死，不是淹死。他糾正我。

那晚入睡，江水竟漲到家門口，伸腿可洗腳。大人們往山頂逃奔。屋頂上爬滿人。我坐在門檻上不想離開家，父親你也在家裡，耐心地等我。

我家門外有塊空地，空地外有小山坡，一片小樹林。樹枝條長，葉大。樹下就是路沿邊瓦房，經常被人走歪路走到屋頂上。這家房前有個蓄水池，一年四季都是浮萍，密密蓋住水，周圍種了菊、蘭草和薔薇。唯有從房前小徑可到那兒。

看著花開得艷，我想偷，偷就得冒險，說不定會掉進水池。一年年掉進池裡的貓增多，都是母貓，叫春的聲輕了，人也不那麼又煩又咒。

月光在水池裡最亮，引人一點點向前走。我突然停住：一個男人，把一隻鮮蹦活跳的貓悶在水池裡，露在水上貓的雙腿掙扎著，一會兒沒動靜了。他手一鬆，那隻貓就進入水裡。

他做完這事，伸了個懶腰，將濕手在布衫上擦擦。

我一直未動彈，靠著邊。早就忘了偷花。看到男人離開。

我看到貓在水池裡浮起，身上黏了許多浮萍。

餐桌對面是個女人，我對她說起童年。我看見她是在五月，一個月前的一個下午，郊外山上的一個旅館，半臥在床上。我與一個印度女人共住一幢大房子，她早晚必祈禱，聲音通過走廊的大圓壇傳過來。這個女人當時敲響我的門，問可以用隔壁的房間嗎？

我點點頭，當然。

那天，她帶來一個影響世界的消息，當然也影響我。可是我不知道。

清晨，她開紅車，頭髮剛洗過，去早餐。

這刻我與她的話轉到如何記日記。她說，每個作家的日記都是假的，準備發表，所以像街上算命先生的話，躲躲閃閃，含含糊糊。不錯，那天，我就在日記中記了她的名字，開的紅車。

她說她開的車是紅色的。

不應該是紅色，我的日記出了什麼毛病，看來我不夠當作家。

# 3

上個月，我在南半球澳洲，那兒是秋天。父親你在哪？

當然你在床上，眼盲了幾十年，幾十年你居住在黑暗中。但是上個月，你把心愛的鳥，相思鳥，放出竹籠。是不是？那時，你已決定走，孤獨地離開？

我從來沒想到過你，母親病重，我只關心她，打電話給她，也從未想到和你說幾句話。還好，我也沒有想別的男性。男人我不愛，我在看一本書，那書在衛生間裡看比較合適。從小我就便秘，便秘時看這種書最好，好多國家好多作家在談論生活，他們的照片在封皮上，都比我快樂，有的人已經死掉，有的人還活著。

我實在不明白，昨晚坐在那麼多人當中，難道單是為了逃避悲痛？你知道，我怕生人，我不喜歡人多。你也一樣，這樣你會非常不舒服。若你不願出現在我面前，那你到我的身後，我很想聽見你的聲音。說點什麼吧，比如，「嗄希多」，浙江家鄉話：孩子多，六個；我們飯量大，你擔憂，我們穿衣的要求多，你擔憂；我們惹麻煩多，你擔憂，等等。

我的身後是書架，沒有你。

花園離房間就幾步路遠，我想過去吸口氣，大家都坐著聊天，我也得守規矩。父親，花園裡沒你，全是陌生面孔、陌生語言，要繼續待真是很難。花園的噴泉，一陣風拂來水汽。我本能地閉了下眼。

從山上流下來的溪水，這段稍微緩和些，坦斜的石坡，用錘子錐子打出來的一塊石板。洗衣和洗雜物，也洗馬桶。偶爾游來小魚蝦，用木缸逆水可截住。

我在水邊蹲下。

在石板三步遠有一個木柵欄，欄外是一個幾乎垂直的大斜坡，水沖下去，像瀑布，人掉下，命就沒了。我把塑料涼鞋脫掉，抓在手裡，讓溪水沖洗它們，突然發現有個男人站在身邊。我抬起頭來，不是父親，一個路人，等著我讓出地來，他要洗腳。我沒有動，路人暴躁地吼我，並把我拉到一旁，一邊洗腳一邊吼。有一個星期，我耳朵聽不清人說話，裡面仍響著那個陌生人的怒罵聲。

# 4

還有一天的時間起程，歐洲與重慶的距離，就要被飛機測量並且縮短。翻出相冊，照片攤了一地板，卻找不到父親：我這才想起，他從來不照相，也不與人合影。

我決定去圖書館，那兒清靜，但人多。一上午，我讀到激情與瘋狂，平靜與控制，明白了這些與寫作的關係；我讀到撒謊和逃跑，占有和名聲，看出了這些和水的聯繫。圖書館樓高過附近的一圈房屋，站在樓頂，幾乎整個城市的西南部盡收眼底。天藍雲淡，陽光在窗子上閃耀，斑斑點點，如家鄉河流的水波。我是魚，的確我是特殊的魚，我也可在岸上存活，飛起來的時候，是側身向上，越過圖書館這幢帶藤蔓的房子或遙遠的旅館十八層，到達幸運的二十七層樓上。我喜歡水，帶鹽味時我一定是單獨的；浸入淡水時，則不必單獨。

可是，今天，我才知道一個人，小說中的一個人，我愛他，愛他是由於他愛我，愛他是由於只有他才使我笑出自內心，愛他是他總是見我就笑，愛他是由於他哭，已經二次，當我必須和他說再見時。從前，沒有一人這樣，父親也沒有這樣。

晚上回家，精疲力竭，上床前，我吃了安眠藥，沒它，我睡不著覺，睡不著覺，我就見不到父親，進入不了另一個非正常世界。夜裡他可能出現，但我求見他心之切，想看清他的臉。小時讀別人的文章，父親是背影，背影會越變越大，最後成為一個黑點。就是讓我重新從這兒出發，去想像另外的點。黑色，當然比其他顏色更美。

我是個野孩子。爬樹、爬山崖，隨時一失足就會落入江裡。越兇險的事，越刺激，我喜歡刺激。父親從未管過我，他總是沈默，但是一旦做危險的事，我就覺得他的眼睛在看著我。這時我總是懷疑他不是瞎子，他還是那個眼睛能穿透江霧的把舵手。但是他不說話。事過三十七年，我才明白為什麼他總是沈默。

昨晚栗樹下坐著的人不懂這點，他們高談闊論，從葉芝到將出現的日食，從法輪功到素食主義。

## 5

我的夢是一片黑色。

父親與浙江老家的親弟弟相逢，是在去年春節前後。大半個世紀唯一的一次。他一九三九年被抓了壯丁，行軍經過十一個省，最後部隊撤離時，他做了逃兵。然後在重慶船運公司做了水手，在長江上走過多少來回，卻從未返回家鄉。以後眼睛瞎了，回家鄉也沒有用了。

父親去年八十一歲，我的叔叔七十六歲，在重慶南岸，臨江而立的白房子裡，他們度過了半個月。分手時，兩人抱頭大哭。我活到這個年齡，從未見他哭過，但我相信他真的有理由哭泣。他們的語言用哭表示，江水在那時清澈，河床枯乾，拿一塊木板，就可以輕易地游過長江。父親想念不想念船？

如果一九九八年，我還只是一個十歲的小女孩，我就會拿著木板，架在枯乾的河流上，讓父親和叔叔過河去。這樣渡江，對岸一切都會變，不是一個有隻巨型船的朝天門，也不是一個有巨型廣場的朝天門，更不是一個越來越像香港的重慶。我們三人不時移動木板，從一個石礁到另一個石礁。對岸在變化：石坡陡峭，有廢棄纜車的朝天門，有我生父扔下我的那像僵凍人的臉，有母親絕望的愛情，還有我十八歲逃離家的決心，那個調運船隻泊點的小亭，擴音喇叭，兩江三岸都聽得見。

在岸那邊，父親和叔叔在哭，霧重慶包裹住他們的身影。我喜歡會哭的人，但我不喜歡父親哭。父親哭，心裡裝滿了秘密和委屈，連親生弟弟也不能說。

他渴望我長大，希望我長得很聰明。他駛船經過一片山林，在一個山寨崖邊。那兒的水綠藍，清澈透底，他說過，你就是那兒的魚，不會叫，但誰看了，誰都會和你一起顫抖翅膀。

## 6

遠處教堂鐘聲和雷聲混雜。晚上十一點，我醒來，父親沒有在我夢裡出現，我非常失望，肚子餓得咕咕叫。

在廚房做麵條。夢不是夢，夢裡我是清醒的，清醒得舊事一件又一件翻了出來。父親，每個人都知道，我並不是你親生的，我是個非婚女兒。我的那個家曾經為了我，鬧成一團，鬧上法院。

父親想過應該沒有我，甚至可能希望我死掉。我不存在，他會快樂得多。但他沒有做他想做的事。謝謝父親最終讓我留在家裡。而他有多少次機會可以悄悄把我悶死，但他不願意。他有多少次機會可以告訴我，我不是他的女兒，但他不願意。

幼年我的夢一再重複：父親是一個持菜刀的人，有時他躲在我的床下。有一天母親不在，當時閣樓已經坍了一部分，正準備修，晚上一家人分別擠在樓下父母房裡。夜裡我大叫著醒來，心裡嚷著：父親不要我！卻一個字也說不出，只有哭，每個人都被我恐怖的哭聲嚇醒，父親在另一張床上，安靜地說，都睡吧，天就快亮了。

我記得，夢裡父親把我扔在街上。

雨聲滴答，時間滴答，我將熱麵浸入冰水裡，做涼麵。麵條細長，筷子挑上手直舉的時候，也沒有見到尾。我摸了一下臉，滿臉是水，鹹鹹的。

兩個古廟，一個改成小學，一個改成中學；一個在坡上，一個在坡下。小學的廟裡夜裡有鬼出沒，白日上課也可聽到怪聲。音樂教室有粗大的鐵繩，懸在梁上，自動卷曲。父親這天帶我到小學轉，說再有三天，你就會坐在教室裡。那是緊靠辦公室的一間，掛著一年級的牌子。

這口井裡的水，以後千萬別喝，父親叮囑。

別人喝，怎麼辦？

你別喝就行。

喝不得？

就是，你喝了就會兩腳生根，記住沒有？父親不耐煩了，你長大得走他鄉，才有志氣。

我們站在山腰往江邊看，江心沒有船，他手遮住刺眼的陽光。

## 7

六月十七日，星期四，晚上七點到希斯陸乘回中國的飛機。

我比二天前更知道，我這次回老家，再也見不到父親，這奔喪之途，遙遠、炎熱，歐洲連續高溫，重慶已攝氏三十九度。

父親不再呼吸的身體，在冰裡，在露天，在踏花被和花圈中央。在排隊進入海關時，我想到再也聽不到他的聲音，淚又淌了下來，我用手掩住臉。機場裡那麼多人說話聲，我盼望有一個聲音是父親：你別傷心，雖然你不如從前憂鬱，雖然你的面容，用了化妝品裝點，雖然你以愛容忍恨，雖然你一天三餐都把小說當飯吃，雖然我什麼也看不見，雖然我是一船水手中唯一上過幾天小學的人，眼睛未完全壞掉時，可以把一張報紙看懂，眼睛瞎了以後，我靠聽收音機知道世事。但是，我知道你，我知道你有一天會寫我們家。你已經這麼做了，我沒看你的書。但是，我知道，否則三年前，為什麼那麼多人來我們家？

三年前，我告訴父親，像書一樣大的東西，是電腦。我讓他的手摸它。每天早晨天未亮，我就坐在客廳裡敲鍵盤，到天黑盡，對岸朝天門的燈光變藍綠時，才睡覺。

那麼多人，來我們家做什麼呀？

拍家鄉風光。

他臉上露出笑意，彷彿明白我在撒謊，喜歡我撒謊。

母親一與我說話，就無法停止，父親常常提醒母親：她在寫書，你不要打擾。

我的確在撒謊：寫作就是虛構，寫得好與不壞的區別，在於虛構的膽量。我的寫作實際上源自於父親：父親是該說的話不說，我是不該說的話盡說。螞蟻是一根線地排著隊回家，孩子們嫩聲唱著歌謠，而我每次回家其實就我一人，哪怕有成群的人，我也不過只是一個魂。父親年輕時的模樣，瘦瘦的臉，滿是汗，從江邊乘輪渡回家。他氣喘，停在半山坡。我聞聲趕去，竟然會與他錯過。

他從床上起來，八十歲的瞎子，他還能照顧自己。他蹲在他的臥室門前。他吃飯，菜和米粒從不灑落在地板上，他拒絕喝湯，自己倒茶，自己穿衣穿鞋洗臉洗澡。

這刻我蹲在我的椅子上，誰會想到我寫作時是這樣？誰又能說父親的血不曾流在我的身體裡？多年前，父親蹲著做家務，說，船上的人都喜歡這姿勢，船在水上行駛，蹲著最穩，最安全。

父親會發瘋，父親有錢，有權，有頂天立地的威嚴，可以寫封信給偉大領袖或統帥報告人民的疾苦冷暖或上下級幹部的不規行為。父親打過小日本，有警衛和日本小車。有砸爛舊世界的勇氣，脾氣上來時，一個女兒一個女兒地狠打猛踢。文革中整人報私仇，惹來一身禍。文革後搖身一變，大喊冤枉。

這樣的人還能是某個人的父親？多年前，你看著我，大笑。

## 8

機艙裡，我戴上耳機，調到音樂臺。電影「尤利瑟斯」裡的音樂，一個女人的清唱。父親，電影裡那個無家可歸的男人是你。你在江邊看見一場屠殺，你喜歡過一個女孩，也在霧氣騰騰中中彈。她就是我。我死於你之前。十年前的長安街上；二十年前的文革武鬥，三十七年前，大饑荒；一年前，現在，就是現在，在這個大城市郊外，對整個人類的絕望。

人生下來，就是隨時可以消失的鬼魂。

這音樂每天我都聽，我想起我死的時候，我正在愛一個人，他也是魚，真正的魚，雖然我有過好多誤會，把許多假角當作寶物，也為其中一條假魚動過繁衍後代的念頭。但都不如我正在談到的人。父親，他高過我，喜歡穿白襯衣，短袖長袖，喜歡書和音樂，喜歡一切美味，善良，正直，還有同情心，不是個種族主義者，雖然我是。見我第二面，就說了三遍不喜歡孩子。因為他有孩子，所以，他才這麼說。原來，他只是喜歡他自己的孩子。他也把我當孩子。他的牙齒整齊，笑起來時，迷人。不笑時，臉和你相似：憂鬱。他的眼睛看我時又傻又亮，他總是以我需要為快樂。他從不疲倦與我做愛。他的身體是我遇到過最適應我的。

對不起，父親，我不應該在你面前談論床上的事。

9

是的，你已經認識他了。他的形象已經通過我的語言進入你的靈魂。想知道嗎？他什麼也不缺，唯獨缺我。我看見他時，他正在等我，等我之後，他讓我讀一封信，有人將我們自然歸在一類，像歸放行李一樣自然，但不一會又分開我們，像對待小雞小狗，不把我們當人，不讓我們挑選，我們沒有挑選的自由。獨裁主義，無論哪裡都存在。不過在我和他之間，是一種必要的冒險，彷彿從地獄返回人間。那個傍晚街道安靜，週末，可能是所有人進入睡眠，只有我和他。一個熟悉的城市，一個陌生的城市，我們是魚。我們需要水，他說。

聽到什麼話，我笑出了聲。他發出奇怪的聲音，是要水。

怎樣的水？

我想到，轉身便走，沒有理會他。我有我的水，在天空之上，雲團捲積的震動中，雨水，對我足夠。但我不知道他的水是我一生存在的原因，也是我死亡的原因。那個奇怪的夜晚，那是第一天，父親，我不知道他實際是你派來的。你為我做了這件事，讓我有一個愛我的男人，讓我有一個值得愛的男人，直到我老，直到我重生。這是你和生父合夥做的唯一的一件事，由於你們不再欠我什麼，由於你們都只是靈魂陪伴在我左右。

我欠你，像我欠生父，像生父欠你。也許，你也欠生父，你擁有了他最愛的女人，為了你，他離開了你和母親，他是愛的犧牲者。

好了，當我們都不在世上，我們都是一絲魂在飄游，我們真的可以心平氣和地說，我們誰也不欠誰。

# 10

晚餐過了，機艙屏幕在放一部喜劇片。有人在讀書，座位小燈亮著。窗外是漆黑的，中國時間正是凌晨四點一刻。

窗外的漆黑，沒有一點變化，飛機是一條小小的魚，在繞著地球游。

我在黑暗中去掉所有的衣服。我赤裸著，像父親在我剛生下時見到的一樣，不過，這時我是一個成熟的女人。落地窗就是鏡子，魚的翅膀揚起，魚的尾巴擺動，魚的嘴唇呼吸，魚的氣味使那夜充滿了饑餓的人。

我一直在找父親，不知父親就在身邊。

我一直在渴望釣魚，不明白魚已在我手裡。

父親是漁人，他坐在江邊，魚竿由山上的竹子一節節套上，伸得很遠，頂端顫顫悠悠，又細又嫩。我那時盤膝坐在一旁，我們中間是玻璃瓶子，裡面是活蹦亂跳的小蟲子。

鯉魚釣了，得放。

這話在我所愛的男人嘴裡發出時，我大吃一驚。不同的人，相隔太長的時間，相隔半個地球，一東一西。

鯉魚最具人性，通神。

我正眼看三十多年前長江上那個女孩的身影，臉紅心驚。鯉魚跳龍門。所有古老年畫你可找到牠。點香敬菩薩時，還願，就還這個願。回家提醒父親，父親說，正是。你已經看不見任何魚了，那滑溜溜的魚竿在哪？我們喝過魚湯嗎？

不記得了，可能你從來都將魚放回到水裡。

魚是你回家鄉浙江的願望。從重慶向東流，在上海黃浦江打個回轉，躍上天台山，游到你的村子前家門的池塘裡。

## 11

我在奔喪途中。

向空姐要了一杯葡萄酒，沖下安眠藥，等於加倍藥量，還是沒有半點睡意。中間有三個空位，或許躺下來，神經會放鬆。但我不想移動。

我懷疑等幾個小時後，飛機降落在北京機場，我是否有勇氣站起來，走出去。我想看見父親，像我此刻怕看見他一樣？

你一直不是我的父親，是一個陰影，我習慣在陰影的舒適。父親會死，雖然都說你萬壽無疆。我忍受得了分離，無論是父親或是心愛的男人，我第一次在男人前面，加「心愛」，從來，人們都認為我是個女權主義者，要滅絕天下壞男人（男人的百分之三十），以及不壞不好的男人（男人的百分之七十）。我奇怪我會突然大轉彎，莫非出現了奇蹟。

這奔喪的路太遠，飛機一共飛十個小時，還好，中途不必停。在機場登記時，我潛意識中明白自己在用自己常常忘記的姓。按亮座燈，重新從包裡掏出護照看，我的頭在陣痛。繼續喝葡萄酒。

有陰影的父親，不是我的父親。我的父親姓陳，我從小就把陳扔掉，好像故意做給父親看，他不喜歡我，我也不喜歡他，起碼我可以把他的姓遠遠的拋開，讓它別跟著我，讓我發慌，讓我愧疚。我選擇我要的姓：虹——淫奔他鄉。

我選擇。

## 12

追本溯源，我應該跟生父姓孫。如果更確切些，那麼生父也是隨母嫁到孫家，生父的生父姓李，那麼，我原本是李家後代。

我的婆婆，生父的母親，我們見面，我告訴她既不跟姓陳，也不姓孫或姓李時，她連連說，好好，跟自己姓。那天，她哭了，在餐館。在這之前，我帶著所愛的人去找她。沒有燈，雖是城中心，也跟南岸一樣又潮濕又骯髒。天熱，茶館重新開張，尋石梯朝下，拐進窄小的過道，上梯子。麻將桌邊，所有人全像鬼魅。

絕對是小說，我回頭對身後的愛人說。為了輕鬆點，一個私生子來認親婆婆，這麼多年的風浪，幾句話就能平？

他讓我專心。

我已到達了頂樓，問婆婆的名字。裡面確有一老人，她呆坐著，但五官細眉細眼。皺紋在脖頸多，點的是十五瓦的燈。她只搖頭，不認我。我退出時，發現房內有一窩貓，純白，有一股濃重的貓味。梯子上也有，肉乎乎，我怕踩著，驚慌地下梯子。

在整條小巷跌跌撞撞找了個遍，也沒有我的婆婆。

他說，認命吧，還得讓你母親領你。

我無可奈何地點頭。

母親第二天帶我去，就在那個貓主人隔壁。長相與貓主人兩樣，大眉大眼。但老遠一見我，就伸過手來，把我握住。

第二年我回重慶，母親說，你婆婆走了。距我看望她不到半年，我相信是真的。雖然她曾經在我嬰兒時，見過許多次，但我記得的唯有一次。與生父一樣，似乎一次，就是一生。而父親養育我有十八年，幾乎早晚在一起。也沒有意識到就是不在一起的感覺。

重慶老家，舊院子地基蓋了一幢白房子，殘留著只有開紅球花的樹。這花吐出毒氣，市政府一再說，要在全市清除掉這樹。這樹一旦清除，老家就什麼也不留，而在江旁的捲煙廠毒氣更大，附近居民不抗議，抗議了也沒用。

那兒天空灰濛濛，陽光白得刺眼。

在我還未選擇姓虹時，天空要清爽些。

虹在天上，父親可能會望見，他仰起頭來，下過雨後，江南北橫跨著七彩，它是我的本色。可惜，他望不到。

從我開始習慣姓虹，我沒有意識到父親根本就看不見我，在早年，我在他眼裡就是不清晰的。他眼睛瞎了，差不多二十年，沒有看見過我，而我時不時看見他，感覺他，他的眼睛，是上帝的禮物，重重災難後的意外補償。他唯有超人的感覺，感覺是不可以遺傳的，我們沒有血緣關係，但這感覺卻是他給我的，當我還是一個嬰兒時，他沒能力讓我吃飽，卻讓我感覺滿溢，有感覺才有痛，才知道是器具或是人在刺。

## 13

在北京機場轉機去重慶，有一個小時候機。還好，我平靜地坐著。這次，一個電話也不想打。北京，隨便可數出一串朋友熟人的名字。但這時，這些名字在淡去，而氣溫在繼續上升。我渴望父親迎面走來，這願望越來越強烈，我開始不安地四下打量。在中國的土地上，父親出現的可能，比在歐洲容易得多。

我對父親說，你應該出現，你從來也沒有這樣不理睬我。

我必須清理掉你的衣服。

包括家裡那張有架的繃子床。

拖著行李的人，不時有人奔向服務臺買磁卡，而電話機器前排隊的人神情全一樣，煩躁，身子扭動，沒有誰的外表有我安靜。

我要砍掉它，扔掉。

我在心裡對他說，你會笑我，我從來都騙不了你。我小時想在上面睡覺，你和母親不允許。

飛了十小時，又跨過八個小時時差，候機室鐘已經是下午二點三分。重慶，葬禮早就進行了一大半，你已經從煙囪裡升出，變成了白煙。家裡人請來紅白喜事樂隊，整夜搓麻將。有人真哭，有人假哭，樂隊有這一節目。你在這裡，是想逃開那喧囂，來尋找我？像從前那樣。

我不在意那一切，我來，是由於我也是個魂，我在收腳跡，我要幫你收腳跡，因為你眼睛看不見。

我突然明白我奔喪的目的！我應當與你一樣，沿離開重慶的方向走。

但這是北京，你從沒到過。我在北京時，你說你經常夢裡到北京——擔心我會險遭不測。如此一想，你還是會來北京的。長江沿岸我都去過，我會陪你一起去。

我埋下頭，把所有人說話的聲音拋開，只留飛機起降的聲響。我聽著，聽著，父親在修理繃子床，用牢實的麻繩仔細穿過檔頭的小孔。這是他和母親結婚後第一件家具，紅木，幾十年亮晃晃如新。掛上麻紗蚊帳，哪怕蚊帳上補丁成群，也使陰暗窄小的房間帶著希望和溫暖。萬縣，長江中游的一個小地，朋友折價，讓他不肯接受這禮物的心安些。

嫂子會喜歡，朋友說。

這句話決定床的命運。架子床可拆，父親的船運它回家，母親哭了，因為激動，因為驚喜。

## 14

母親哭了，這次是由於我去為生父建墓。今年四月，天氣沒有這麼悶熱難忍。

天亮前就得動身，經過個體早市，馬蹄蓮白中帶青帶綠，一籃全買，第一次在集市上沒有討價還價。天在下雨，下雨好，母親夜裡說。一夜的話都沒有說完。那時，重慶的雨沒完沒了。母親聽了我的抱怨，說，舊曆三月天，桃花天，雨下得人軟綿綿，男人走，要女人牽。

在石橋廣場等朋友的車，車也是白色。

雨時斷時下，我在背叛你，父親。

我的臉紅，當清晨我在他房門前穿過；我的眼睛蒙上霧，我不敢正視他，哪怕他所在的方向。街上沒有剃頭匠，他的鬍鬚應該刮了，頭髮不長，他看不見我給的是什麼藥，卻能分辨是哪種藥，放入不同的藥瓶，他的手和心的感覺不將藥片弄錯，什麼時候感冒吃，什麼是氣管炎吃，他沒有別的毛病，但他一定知道知道我將去看生父，那是一片荒地，要半天快速飛車，那荒地卻臨江依山。當深夜我回家，他什麼也沒問，他從來就不問我去哪，可我趕緊躲進母親的臥室。

穿好衣服。

吃了兩口稀飯，廟堂改建的小學，依然用鐘聲作上課信號時，我剛背上書包，父親只是說，快跑！

快跑！此刻，他帶領著我在黑暗的世界穿越，他熟悉它勝過我，我總是懼怕它，免不了大叫大嚷，他教會我與它較量，而並不失去自己，獨獨失去他，失去他蹲在地上為我做學算術所需要的小棒，他幾乎是閉著眼睛在用刀削。這個世界給我的第一個印象不是別的，而是：我的父親眼睛不好。

陳瞎子。這是鄰居給父親的外號。

我恨那些人，像我愛這個男人，他出乎意外地讓我心動，一再改變主意：決不離開他。他的皮鞋比他的臉先吸引我，然後突然有一天，我在衣櫃裡發現，我有一根皮帶，和他的一樣，他的大，我的小。

陽光強烈，已經幾個月，這個夏天會持續到秋天，可能到明年，他會一直遮上窗簾，或讓我做，他關門。我們的房間裡到處有鏡子，我們彼此看見對方的身體。我們的房間到處都有燈光，以至於他能在暗黑中看見我。在別人身邊我睡不著，在他身邊，卻是一個夢也沒有。沒和他睡覺前，我夢見他，第二天早晨，這是我和他說的第一句。

什麼樣的夢？他遞給我又一杯西紅柿汁。

我們在我老家重慶，到處找餐館，這個你不滿意，那個你也不滿意。我餓得厲害，但你仍然不肯進一家餐館。

他含笑看著我。

一個小時候機飛重慶，我竟然有幾分鐘打了個盹。我總做同樣的夢，重慶，夢和記憶是一致的，在重慶我總是迷路，在未遇到他之前，我總是如此。父親在長江上，他的船消失在夜裡，有時是一片風雨中。他既是船長，又是領江，他開過最大的一條船，是客輪，從重慶到上海，那次，他可以看見家鄉，接近家鄉浙江，但船過三峽，在武漢，船就動不了，機械問題加上政治問題。全船旅客移到另一條船上，船員則開始整頓檢查。

武昌魚在江水中跳躍，父親用岸邊的蘆葦做了風箏的骨頭，地圖糊上。風箏向東飄，突然直線墜落，掛在一棵樹上。那天，父親的筷子沒有動過餐桌上的武昌魚。

他一頭栽進長江，游到江心，就仰泳，身體飄浮，眼睛、耳朵、嘴裡、心裡，全是水。

## 15

飛機兩個小時到重慶。兩個小時，我可以合上眼睛休息。兩個小時，越過黃河秦嶺大巴山，從平原到山巒起伏的盆地。兩個小時，長江南岸的葬禮正在進行，或已接近尾聲；長江之北，我的詩人朋友們在聚會，因為一個孩子誕生，同是炮竹炸響聲，有人慶祝死，有人在慶祝生。

她原是個接生的護士，有個孩子六歲，丈夫到農村搞調查，饑餓加上得病死了。父親缺乏營養，連日連夜加班，手一鬆，雙眼冒金花，從船上掉下江。送入最近的縣鎮醫院，她與父親認識了。

母親與生父在山上，剛下班，身上的汗把頭髮黏連。他們還不是情人。母親說得去看丈夫，請假，他出事，頭摔壞，醫院檢查出眼睛也有問題。

母親看見護士，對父親說，她不僅僅是護士。

父親受傷不輕，沒有回答。

母親去拜訪護士，她沒有想到。母親發現她的床下有父親的布鞋，屋外曬著男人的衣服。那布鞋是母親一針一線做的，母親不是嫉妒一個比自己年輕的女人。

母親走了。

父親傷好後，眼睛確認不能再在船上工作，回家。母親收到過一封信，是那個小縣鎮寄來的。母親拆開，但不識字，在大街上找人幫著看。信短，說你走了，我和你乾女兒不習慣，好想你。你什麼時候再到鎮上？

父親沒有回去過。

母親在事過三十多年，還記得這事，我真想知道父親怎麼想？母親說你把工資的一部分給了那母女倆。母親說，她們也可憐。但母親告訴我的意思是，父親你先有外遇，否則她也不會愛上我生父，自然也不會有我。

自然也不會有我為生父建墓一事。

## 16

生父的墓在清晨六點作過道場開建。道士先生先看了日子，選定了這天。辦喪的人一路可見，結婚也一樣，也要好日子。母親一生只有過一次婚禮，三個丈夫。

我把馬蹄蓮撒在生父骨灰之上的亂石堆上。我為他要說的話全在自傳裡，他是識字的，我燒了一本自傳，火焰包裹著書，燃得很慢，風和雨對火速絲毫不起作用。他在讀這本書，本來就是獻給母親和他兩人的，只為了顧全另一家子，生父的另一個妻子和兩個兒子。也因為如此，墓碑上我只能用一個字——虹。

村子不大，有池塘，有竹林，也有紫紅的玫瑰。村子裡的人看熱鬧，竟有三人站在雨中與開車送我去的朋友閑聊。

那真是他的女兒啊？

長這麼大。

這女，命真慘，從小媽就死了。爸又跟別人結婚了，窮得要命，到處欠債，為了她的生活費。真不容易，長這麼大。

生活真比任何小說虛構。我站在地鐵的出口，陡峭的電梯足足好幾分鐘將我送上來。我已經遲了好幾分鐘，已經遲了好幾十年，我愛的人還在等我，非常憂鬱。我沒有哭，只是說，我已經很安靜。事過許久，我才對他說，那天，我從地底而歸。

他張開的雙臂抱住我，像抱住我所有的過去：飛機在重慶降落，乘出租直奔南岸，遠遠聞到辦喪的樂聲，深夜了，如同白晝，父親如我想的一樣，只有骨灰了，火葬場千千萬萬無親人陪伴大小盒子中的一個。

而所有參加葬禮的人，全在街邊火鍋店熱熱鬧鬧吃火鍋。樂隊仍在，演唱的全是歡快的歌曲。

我受不了如此悼念的儀式。這樣的儀式安慰不了我。

奔喪到目的地，我卻閃出看熱鬧的人群。我走下石階，到江邊去，到水裡去，讓我成為你的一條魚，你釣著的，放回的魚。你以你的走，讓我從此自由。

這時我感覺手被一隻有力的手，熟悉的手握住。

父親終於出現了，我看見了父親。

他引領著我，夏日江面比我春天走時寬，江水混黃，香煙廠的巨燈照著的部分，濃黑濃黑。

## 17

遠遠的炮竹聲聽不清楚。

我這天起床已是上午九點。昨夜紅白酒混合喝，頭很重。到書房，放了一盤零度音樂，它是我在音樂店一生氣順手牽羊的結果。音樂是回聲，沒有任何故事。

我突然明白，父親，不管是生父或是養父都沒有拋棄我而先走，如同我根本沒有回過中國；如同我根本就未到過歐洲一樣；如同我從未愛過一個男人一樣。

這天十點半，郵差來了，他總是一天比一天晚。我拆開一封信，一個朋友告訴我，她的父親在昨天早晨過世，躺在自家床上。子女全到齊送終，卻等了好多天。最後有的子女忍不住了，開始找理由離開，家裡開始爭吵抱怨。好像父親就等著看孝子孝女出洋相。他腳狠狠地一蹬，尿流了出來，對誰也沒說一個字，就合上了眼睛。

# 辣椒式的口紅

很久了，我一直都只能靠酒度過夜晚，酒精有洗去記憶的神妙功能。年紀越大，記憶越少。

這天在街上，準確地說，是一家鞋子店，一雙翻羊皮短靴子勾住了我的視線。我走了進去，舒服地坐下來試鞋。我的尺寸不大，也不小，三十七碼半。右腳大點兒，相書上說，我父親會先母親去世。太可笑，怎麼會怪到我腳上？從小就聽人這麼說，每次我只有狠狠瞪人一眼。最後母親死在父親前一天。

不過在我面前半跪下的這位小姐，當然不這麼說，不會冒犯顧客。她脫掉我的鞋，試新的靴子。她對我很周到，先讓我穿著襪子試，又脫去襪子試，說我穿上靴子，真氣派。職業訓練不錯，但我突然對她的腳感興趣，比我稍大一點。「是三十八碼？」我問。

「差不多。」她說。可她站起來，比我高些，一米六五，長髮盤在腦頂，盤得不夠緊，垂頭弄我的鞋，髮絲就掛到額前。

「有空嗎？我想請你吃個晚飯，」我的聲音沙啞：「若你不拒絕給面子的話？要不……那麼，晚上六點半，如何？」

她看看我，每天恐怕有不少顧客向她發出這種邀請，我不是第一個，我在她身上尋找什麼呢？她搖了搖頭，說很榮幸被邀，但不能接受，店裡有規矩。

我不感到意外，雖然我說得突然，連自己也未弄清楚動機。我付的是現金，她高興地拿著收據回來，應該說，她算不上美人，但她容貌中，有某種東西，十分耀眼亮麗。因為她拒絕得婉轉，我就另走一步：「能告訴我你的名字嗎？」

她含笑著，不是我剛進門那種職業性的笑。「叫我小梅吧。」

我回到自己一房一廳的家。對一個無兒無女的人來說，電腦真是個好伴。打開電腦，看看有沒有久已忘懷的朋友來信。只有一封：那種連鎖信，一人發重複的一百封，再讓收信人發一百封，寫了必有好運，否則定會遭災，九族雞狗，無一倖免。前電子時代的討嫌事，電子時代就頻率更高。

我在一家商店做會計，提前退休後，回故鄉定居。南方小城，也發達起來，最先想找個清閑之地養老度殘生，此處也不再清靜。不過，既回來了，就定下心來，畢竟這兒雖然外貌大變，但我知道來龍去脈。就這不太起眼的地方，也可電腦購物。我從來都願親自去商店，不是不放心，而是以前染上的毛病，東挑西選，難滿意。面對電腦上密密麻麻的數字圖片，我集中不了精神，「小梅」兩字總跑到屏幕上。這個名字很普通，只要在街中心喊一聲，就會有幾十個女孩回答。我對那個鞋店女服務員感興趣，看來是被一種特殊的東西牽扯住了。

我已到生命的黃昏，遺忘的事太多，小梅，太多的小梅，莫非她終於冒了出來？

那年她才十八歲。一個臉色蒼白的女孩，在一堵粉刷剝落的牆前，倚窗眺望灰濛濛的天空。她有時呆若木雞，有時卻精怪地看著路過的人。那一副魂不守舍的神情，讓人嚇一跳。

在這個中專師範學校裡，逍遙派很多，女生比男生更多，練毛筆字，抄偉大領袖詩詞，繡繡天安門和五星紅旗插滿全地球，手風琴腳踏風琴奏革命歌曲。這天全校勞動，到江邊挑沙。這條路最近，上一大坡，就是尼姑廟，她習慣在此歇一下腳。突然，她發現她的班長，跟在身後。她把籮筐藏在樹叢後，拿了扁擔，進了破爛的廟堂。

身後一聲大吼：「你在這兒幹什麼壞事？」班長怎會這麼迅速到面前。勞動時，躲進廟裡，罪證當然抓準。

那是六八年，全國上蹦下跳都是紅袖章，每天拉隊伍樹山頭，看誰最革命，看誰最忠心。沒參加組織的，也得跟著跑龍套。她的毛筆字得柳體真傳，柔美可愛，就給「本派」抄寫大字報。同寢室的班長，雖然也算同派，可平日橫豎瞧她，都不舒服，現在成了班長的活證。怎麼辦？她沒有動。

班長繞到她身邊，像主人抓奴僕，重複了一句：「你在這兒幹什麼壞事？」

「我在望風景。」她的聲音細柔。「紅色江山，來，一起看。」

班長怔住了，但馬上就回味過來，看著她冷笑。她握著扁擔，沒再說話。

我覺得無法和電腦交談下去，雖然上面遊戲雜誌報紙也時有合我趣味的，但我還是關了電腦。我到街上一家餐館吃了一頓不錯的晚飯。歷來，我就喜歡熱鬧的地方，服裝店、茶館、雜貨鋪都小小巧巧，裝飾得漂亮、別緻。我從小就有看櫥窗的習慣，現在，更是如此，看不到三家店，煩惱頓減，心朗氣順。我曾經幻想當個教育家，沒料到一生竟如此沒出息。

那個鞋店的服務小姐，背了個花布包，在商場外的噴泉石階上坐著，看來在等人，很焦急。我想過去與她說話，她會不會認為我唐突？這感覺讓我躊躇了一下。這時一個男子走向她，突然摘走她手裡的包，她站起來，嚇呆在那裡。

我跨過街，擋住那男子，我的架勢使他一楞，包掉在地上。「你認識他嗎，小梅？」我說。

她轉過臉來，狠狠地說：「不關你的事，老太婆。」

我好像第一次被人叫老太婆，窘得臉都紅了，那男人乘機溜走。她一點也不知道我是誰，當然嘍，一天瞧一千張臉，哪記得我，不怪她。

「你認識他嗎？小梅。」

「你這人怎麼煩透了，他明明是搶我。」

「那你在等男朋友？」我問。

她不回答。

我只有知趣地離開。

忽然她在我身後說：「我認得出你，休想再來糾纏我。」我回過頭，她憤怒得扭歪的臉，甚至都忘了撿包。奇怪，我仍然喜歡她。

六十年代末，紅旗下的人，沒有誰不熱愛黨和領袖。班長比她個子高一點，以前不和她同寢室。現在停課鬧革命，宿舍自然按「派」分開，逍遙派也只得分。有個年輕老師，以前教體育，也是他們這派逍遙大軍的一員。他常被動員，要他參加「文攻武衛」。他拒絕了，卻老到女生堆裡來，名義上是弄個宣傳小分隊，他會拉手風琴。

「我來教你們樣板舞『紅色娘子軍』吧，你們年齡大了點，但也不是不行。」體育老師的聲音溫和，不像在嘲笑她們。他長得高大英俊，頭髮有點捲，在男人中很出眾。自然成了這批逍遙娘子軍的「指導員」。

她很興奮地走在校園裡，肯定別的同學都想方設法到他的小分隊去。學校後院山坡上有一棵抓癢樹，她走在那裡，手指尖劃著樹幹想：指導員，他真像那些不准看的小說裡的男主人公。樹輕輕晃起來，她感到她的心也晃起來，節奏加快。

在這裡，能看見將作為練舞室的屋頂，宿舍和教學區間有塊三角地，從江邊挑來的河沙，鋪了厚厚一層，有的堆成小丘，也是作練舞的地方。這棵抓癢樹，不久前還有人畏罪吊死過，但這兒清靜。

夜裡，她夢見班長：模樣兒從未那麼好看過。她把她從廟裡抓走，一到學校就吆喝著喊，看風景！她把唾液吐在她的臉上。她來不及抹，猛地看見指導員站在她們之間。他卻對班長說：「你真革命，真英姿颯爽。」他的眼神，生著光芒。她心裡一酸，竟哭醒了。班長在靠門的上鋪，睡得安穩，輕輕打著鼾，很好聽。幸好，這是一個夢，但怎會做這樣的夢？她閉上眼睛，繼續睡覺：她倆在操場賽跑，班長跑過了她。

第二天她看班長，而班長也在看她。下午在練舞室，娘子軍共六名。指導員對她的動作尤其認真。她做彎腰時，他的手一扶，她的臉就發燙。但是班長腰肢好，能夠倒立在牆上，像是有意朝他們看似的。她被這一雙倒過來監視的眼睛弄得極不自在。憑什麼就得在乎班長的感覺？接連幾天，她倆都沒有衝突，甚至也沒說一句話。

她來來回回走著，又來到抓癢樹前，坐在地上。這兒常鬧鬼，但是學校裡最清靜的地方。天很快黑下來，練舞室亮著燈光，吸引她，慢慢往那兒走去。

當然是她！在體操軟墊上，有個男人把她的身體非常奇怪地翻來翻去，她的舞蹈好像是連在那個人身上的。那人背對著她。房間裡就二個人。她在窗臺下踮著腳，第一次看到這種事，心直跳，臉緋紅。她應該在這時跑掉，但是她沒有。她的腳黏在原地。那人終於轉過身，確實是指導員。她心裡突然充滿了憤怒：這二個不知羞的狗男女！在練舞房裡亮著燈做這種事！有意氣我?!

這一夜，她怎麼也睡不著。

大約淩晨四點，她赤腳在寢室地板上移走，窗外的梧桐樹枝繁葉茂。同室的幾位女生，一個積極起來，住進造反總部，其餘徹底退出，逍遙到家鄉去了。房間裡六個床位空著。她停在班長鋪前，想摸一下她的肩膀，指導員摩來擦去過的身體。她不敢伸出手，春夏之交的月光灑進房間來，班長熟睡的臉，很甜美，翻了個身，模模糊糊說著什麼事。枕頭下掉出一個東西，滾到地上啪地一聲。她用手去摸，沒想摸到一件短又硬的東西，拿到月光下仔細一看，竟是一支口紅。

天氣突然轉熱了，練舞不久，就是一身汗淋淋。她從練舞室出來時，指導員叫住她，約她去附近的水庫游泳。他的樣子很真誠地望著她，她點點頭。「傍晚，在水庫見。」

她低頭走，突然很想哭，好像有許多話堵在胸口，卻忍住了。正在這時，班長從她身邊匆匆走過，她腳步加快，想問班長，「指導員約了你嗎？」不，不該問，也不必猜，各人有各人的命。

她換好游泳衣，外套了條布裙，還是白短衫。已經走出寢室，她又倒了回去。她從班長枕下找到那支口紅，塗在右手指上，抹嘴唇，又找張紙抿了抿。慌張、心虛、背著人做壞事，但有一種從未經驗過的新鮮滋味，走向水庫彎曲的半個小時山路。若是班長也去水庫，是好或是不好？她倆都喜歡游泳，速度且不分上下，這競爭才公平，但指導員會選誰？

他已經在水庫裡，看見她出現，姿態灑脫地游到岸邊。「你真美，」他說，「嘴唇真紅，像辣椒般的誘人。」

雖然她明白她模樣周正，身材不錯，但長這麼大，哪聽過男人如此讚美，何況是指導員。她羞澀極了，雖然水庫沒有旁人，她也恨不能馬上跳進水裡，躲進水裡，逃進水裡。但她剛脫掉外衣，就被他擋住。她嚇了一大跳，但他並沒有碰她，只是讓她站在水庫的石坡坎上，展覽她半裸的身材，晚霞裡最難見到的光和色彩，都為她出現了。

指導員凝視她的眼神，讓她著慌。幸好，班長沒來。水庫堤壩上用紅色石頭鋪嵌的領袖語錄：「與天鬥其樂無窮，與地鬥其樂無窮，與人鬥其樂無窮。」想到班長，想到那晚上班長和指導員在練舞室，她害怕得雙腿打抖。

我無法入睡，這個夜晚天上冒出束束禮花，慶祝新落成的高級軍人俱樂部。決定不沾酒，好幾次我的手揭開蓋子，又蓋上。大街上沒有從前那種例行的遊行，真有些不習慣。電腦裡有個筆友告訴我，她終於找到十多年前安的節育環，上了三次醫院，作了二次手術，才從肉裡活生生挖了出來。年齡早已不用節育，那環卻不肯離開。

生活一向如此。我沒有見過這個筆友。可能反正不認識，倒可訴訴生活的怨苦。有些人可能一生也見不著，有些人總在眼前，而見不著的人，你更關心，更喜歡。但是那個鞋店小姐呢？我可能在見到她之前，就喜歡她了？

我找出相冊，這一薄本倖存下來，其他的，不是毀於自己，就是毀於他人。有十年時間，人們全在做這事，領袖夫人帶頭，把她三十年代上海灘的明星照大動干戈抄家找出來，與知情人一道銷毀。照片竟能如此害人。可是現在，一個普通的垃圾站裡，也能從舊報紙上，看到領袖夫人昔日的風采。談不上傾城傾國，但機伶可愛，和別的延安女人不一個味。鞋店裡那個小梅，生得有點像年輕時的領袖夫人。

我的照片，和我這樣經歷的人一個模式，留不留意義一樣。好在我年輕時候與現在沒有太大的差別，皺紋多些，衣服顏色也多些。不少小報，都說那位領袖夫人在獄中寫自傳。多少人在寫她的傳記，她犯不著寫。不過我還是在等，或許她的自傳能讓我嗅出絲絲縷縷的跡象。可是有一天，小報說她自己吊死在囚室。一個正在寫自傳的人不會自殺，我白等一場。延安，如同電子信箱，也是個沾上就脫不了身的東西。

宿舍樓三層，她的房間在二層。那天她游泳回來，一身濕淋淋，剛邁入一層暗黑的過道口，就被人狠狠地拖到外邊，是班長。她竭力想掙脫，但掙脫不掉，她倆身體拉扯在一塊，一路跌跌撞撞，最後摔倒在抓癢樹的坡下。她站起來，發黃的路燈下，她們的身影糾纏在地上。

「我都看見了，」班長氣恨交加，劈頭給她一掌，「你這個妖精，你存心勾指導員，你還偷偷塗了我的口紅。塗了好看呵，去搶男人呵。」

她被打蒙、罵傻了，蜷縮身子，雙手護著自己的頭。等回過神來，她意識到班長一定在跟蹤她。於是抬起頭，脫口而出：「要吃醋，先問問自己有沒有份！」

「他約了我。」班長憤怒得臉紅紅的，「結果你趕在我前面，你不要臉。」

「他也約了你？」先前有過的擔心被證實了，這次讓班長做了看客，那你也看到了我的身體，她心裡有股滿足感。但她還是叫嚷著：「別自作多情，酸不酸？」

假若不是有人經過，兩人還會邊罵邊撕打，像受傷的獸決鬥到底。突然啞了，看著對方。那人卻臉扭向一邊，加快步伐，生怕惹事。

兩人從地上爬起來，頭髮散亂，尤其是她，未全乾的衣服沾滿泥土。不遠處練舞室亮著燈光。她們鬼差神使地走到練舞室，空無一人，忘了關燈和關門。雪亮的日光燈，把渾身上下的羞辱照得一清二楚。她好像看見指導員，也許又約了另一個女同學，就像那晚，班長的身體在他懷裡。她的臉一會紅一會紫。她閉上眼睛：班長和他在墊子上，班長的身體在黑夜裡太好看，好看的東西對她充滿了力量，她的呼吸急促，往牆邊退，她拉住電燈繩，渾身是恐慌和怒火。班長的眼裡卻是鎮靜，鎮靜得不正常，她的手緊握自己的手，眼睛發亮。拉滅燈的練舞室，好久沒有聲音。

幾天後，她路過操場沙地，練舞的娘子軍陸續散了，牆上腳印無數，指導員從練舞室出來。他汗濕的身體真的有魅力，他的聲音卻顯得遙遠，「是不是忘了昨天我的話？昨天我在水庫等你好久。」他拉著她的手說。

她卻朗聲笑起來：「你另約了什麼人來看戲？你這個性錯亂，展覽狂！」

雨點落下，豌豆大，沒一會就密集起來。這給她一個理由，她抽出手，往宿舍樓跑，回過頭來，朝指導員喊：「好吧，明天傍晚，水庫不見不散。」

她回寢室，坐在床上，眼淚叭嗒叭嗒往下掉。指導員是一個黃鼠狼，但她就是為那個黃鼠狼而哭。

「怎麼啦？」班長的手放在她的肩上。房間裡就她倆，她哭得更厲害，班長抱住她，哄孩子地說：「別哭。」

「班長，」她嗚咽，她喜歡在她懷裡，喜歡她用手帕擦去她的眼淚。

「別叫我班長了，哪一輩子的事。叫我小梅，我家裡人都這麼叫。」

但她不習慣叫「小梅」。她比班長年齡大幾個月，但班長各方面都比她成熟得多，連腳也比她大半碼。她說，她下不了決心，給指導員一點顏色看，按她倆早設想好的計謀。

「現在看來非做不可了，他剛才也約我了，他是個流氓，拿我們當玩物呢！」班長說。

第二天夜裡，指導員被對方組織抓走。認為他是此方武衛隊員，知道「幕後黑手」原校黨委書記藏在哪裡。娘子軍舞蹈班的人來告訴她們，說是他去游泳，很遲才歸，換了身乾淨衣服，當時正在刷牙。她們相視看一眼，臉上沒有任何表情。

接下來的事，她們未料到：指導員就是不肯說出原校黨委書記藏身何處，遭到毒打，熬不過毒刑就開始胡說。一說就人馬出動偷襲，卻次次撲空。看到上刑也沒用，對方組織向他攤了底：他的兩個女學生，忠於偉大領袖，看不過他的奸惡前來告發的。這使他精神全崩潰了。對方還不放過他，裡面五大三粗的工人階級看他細皮嫩肉，相貌姣好，把他關在暗室裡，輪番雞姦他。

「作過了頭，但莫後悔。」班長說著，靠近她，眼睛蒙有霧氣似的濕。「我們並不是喜歡他，我們只是通過他，知道了我們自己的心。」

窗外的梧桐樹葉綠得油亮。她的短髮長了，可用橡皮筋紮辮子，她們形影不離，最愛去有抓癢樹的山坡，話越來越多：談每夜做的夢，談各自家裡人，那支口紅是班長母親的，文革初她母親把家裡有可能惹禍的東西全處理掉，但班長趁母親不注意，留下了口紅。她們把對方的名字刻在抓癢樹幹上，繞著學校跑，半夜翻窗爬進練舞室。誰也不提指導員，好像她們的生活裡壓根就沒這個人，他從她們的生活中徹底消失了，她們就是不要指導員的娘子軍。

那個冷清的上午，太陽卻比以往任何一天都升得高。因為天熱，寢室窗大敞，她倆在玩撲克算命。現在口紅已用到了底端，最後一點，她替班長抹上。

班長對鏡瞧著說：「紅得鮮艷，不像櫻桃，而像辣椒。」

這話，怎麼耳熟？她想起來，指導員曾說過，一個不祥的感覺閃過她心頭。這時她聽見樓下有男人聲音，在叫她的名字。

她本是坐在床上，急忙站起，站在窗外梧桐樹下的男人：臉色憔悴，身上穿了件鬆鬆垮垮的舊軍衣，還戴了頂不知哪兒弄來的軍帽，樣子很狼狽。她不認識這個男人，但班長探頭一看，驚叫了一聲：「是他！他怎麼會出來的？」

指導員在梧桐樹下向她們招手，讓她倆下去。

她們一直沒有想過這個男人出來以後怎麼辦。或許她們一直認為他會死在暗牢裡。不是心腸壞，這個兵荒馬亂的年頭，冤死鬼多的是。對方組織的頭兒答應過她們，絕對不把她們檢舉一事說出去。還是班長首先恢復鎮靜。她說：「這個流氓王八蛋又來纏，我去，看他怎麼招來著？」

沒等她說話，班長就出門了，下樓跑得那麼快，她怕班長吃虧，急忙追上去。

走出樓門，她看到班長站在指導員面前。奇怪，梧桐樹下兩人緊抱在一起，她幾乎不敢相信自己的眼睛。只聽到兩人都叫她的名字。兩人的姿勢很奇怪，指導員微笑著向她招手，班長被他緊摟著，背對著她，在使勁地蹬著腳。在她靠近他們一剎那，她被班長用掙脫出來的手狠命推開。她毫無準備，踉蹌幾步摔倒在地上，就在這一剎那，一聲轟隆響起。

她睜開眼睛，發現她的臉淌著血，朝四周一看：硝煙升起的地上，全是身體的碎片和鮮血。「來呀，來看最後一場。」指導員最後的吼叫，她彷佛是聽見的。

她當時不知臉上的血中有自己傷口的血，只知道嚇昏過去了。聽見爆炸趕來的人把她送進醫院。後來她聽說了，這個男人逃出囚室，偷了一枚烈性手榴彈，連梧桐樹也炸掉一半。場面太血腥，沒人敢靠近。

她受的只是皮傷。第二天，她忍著傷痛，讓人送她到寢室樓前，她將小梅和指導員的身體碎片一一區分出來，裝到二個袋裡。她堅持要這麼做，只有她熟悉兩人身體的各部份，也只有她不害怕收拾這些碎片，因為她本來應當歸在這一堆裡。收拾完，她又暈倒，被送進醫院。小梅的碎片被造反組織抬走，埋進紅衛兵烈士墓，指導員的屍體無人處理，最後反而是對方組織來送火葬場。

我這一夜思緒混亂。我帶著膽怯想，指導員，你真是有一股怒狠勁，但你的憤狠勁只有一次，還不如梧桐樹，又長得茂茂盛盛。哪怕在那個絕望的時代。班長，假若你活下來，你會怎麼看過去？

我檢查冰箱，一箱各式不同的葡萄酒已盡尾聲，當然，我的經濟情況極差，比起許多下崗工人，日子還算過得去，有二家私人公司來找我，做些偷稅漏稅的假帳，給些小錢。我手裡的這瓶酒，對我來說，太甜。含酒精百分之十五，合資產的西班牙葡萄酒，也並不比法國的差。我在本子上記下商標名字等等細節，如此並不是誇耀我是個品酒行家，而是借酒打發時間，夜太長。

沒人知道我下落，有人說我下鄉當知青時，在農村嫁了當地農民；以後，有人說我在海南炒房地產，成大腕了，也有人看見我在雪梨的中國城餐館洗盤子。流言似水。我改換姓名，在一個小地方度著歲月，偶爾會想起收拾班長的頭顱時，那嘴唇上的口紅，依然如我抹上時那麼美。在那個學校，至今還有人說我，真是奇事，想必人們在我們三人頭上安了各種各樣的故事。我是唯一活著的人，我的故事應當最精彩。

到這個小地方來養老，就想忘記這一切。如果不是那天遇到那個鞋店小姐，那麼，我恐怕不會再記起我生命裡曾經有另一個小梅？一生的日子睡一覺似的就過完了，而此刻，我才覺得有點痛，徹骨之痛。看到這個小梅，我才明白我躲不開自己。

酒瓶見底，今夜，怎麼也難醉。淚順著臉淌下來，有一張最大的黑白照片，在幾乎空白的相冊裡，六十年代末一個一剎那的縮影，那兩個女學生穿著綠軍衣並排坐著，有點憂鬱，甚至帶著恐懼，她們的臉這時突然清晰起來，你是個倖存者，因為班長。這個夜晚我才意識，我應該珍惜餘生，不必記恨世界。心情寧靜，比金子貴重。第二天，我記得昨夜的夢：我和班長手牽手地來到一張潔白的墊子上，一起翻筋斗，騰在半空非常長一段時間。

過了一個星期，我的鞋子在雨水裡一走，掉了鞋底。鞋是一個人的根基，豈有不追究之理？我到了那家店，接待我那個女孩掃了一眼鞋子，說，不屬於質量問題。她上下打量我：這是你自己走路扭歪的，不能換。我惱恨地說，我要找售給我鞋的店員，叫小梅，小梅說包換的。她說，她就是。

你不是。

為什麼？

因為你不是。

# 吸鴉片的女人

## I

棒棒聲打過頭遍，每家每戶都閉門了。她朝石階頂端走去，當她跨入只剩半邊院門時，耳邊傳來一陣馬蹄聲，還有嘻笑聲。看那腳步，是一個青春已逝的婦人，誘惑不可抵抗，一步步足跡清楚。

她轉過身仔細看時，滿街的香椿樹在風中搖晃。低垂的夜空墨藍，罩著房屋和山坡，馬車早已沒了蹤影。她清爽一身，連件行李也沒有。站在黑洞洞的院內，正猶豫著下一步怎麼辦，一瘦長黑影從院門後走出，手一揮，意思明顯是讓她跟上。走近了，才發現院內還有房間亮著微光，這個擠著難民的廟宇，牆邊塞有些可有可無的雜物，青石板石階，每一腳踩上去都難抬起來。

黑夜裡隱約可見梯欄，手摸得滑溜溜。她停在樓梯轉角處，那人開鎖，進房間後，掏出火柴點桌子上的蠟燭。那人退出房時，她也未看清對方，只覺得這人個子高及屋頂。她張口想叫住，卻止住了自己。

她活了一生，沒料到，足跡還有那麼多情緒黏著，難到達寧靜。既是為收足跡而來，她便不想打擾人，也不想被人打擾，有些人的忍耐力還會讓自己活半個世紀。

床，緊靠牆，顯得擠擠縮縮，躺下卻很舒服。院子靜謐，好像無人居住。沒有聲音就沒有聲音，蠟燭一閃一閃，芯小，燭淚溢了個滿盤。她累極，不想起身去吹熄。反正過一陣，房間就會徹底漆黑，她就能一一收拾，了此宿債。她翻了個身，就在這時，懼怕抽緊她的身體。

索性睡著，睡著了什麼也不用知道。是的，她來過這個地方，什麼時候卻想不起來。腦子裡好像有場洪水，漲過碼頭街面，還在上漲。

一幢竹樓在巷子中間，第二層獨門獨房裡，一個年輕女子縮在床的一角，與她一起私奔出來的男人，摔門而去。他要懷抱另一個女人，女人嶄新肉體能發出黃金的光澤。她沒哭沒喊，雙手抱住頭。第二天，她懷著五個月的身孕下樓，向旅館老闆借錢，或直接借鴉片，有今天比沒有今天好。她斜靠床抽著，披頭散髮，衣衫不整，目光漸漸燦爛。

幾冬幾秋，她手中的煙槍換成筆，寫作原來跟吸鴉片一樣上癮，崇拜一個人也可以產生吸鴉片後那種迷幻沈醉——大師的書，她一直帶在身邊，不離左右。在她寫作時，樓下穿長衫的旅館老闆，好像與老闆娘調情，拿她開心，可怎麼聽都不難聽：

「換了幾朝皇帝，也沒見過這等貨色？不用捏著手指算，還不了！」

「還？你這饞貓還去叼呀，腥臭味，美死你。反正你操老娘已沒勁了。現成的，咋個不操？」

「瞧那德性，肯定在找死，死在咱屋裡，不吉利，保不準還要吃人命官司。」

老闆娘衝上樓，一掌推開門，嘴角口沫飛濺。年輕女子從床上抬起臉瞟了她一眼，又埋頭於一堆紙片中。老闆娘動得過分的舌頭停住，不知為何脹紅臉。

## 2

她本沒有盼望見到大師，她只是等候死神。俠客出現了，他專為她而奔來，抓住了她。

不，是她抓住了這個不留神的俠客。「我要帶你去見新世界，」他聲音堂堂，像念臺詞：「去見大師。」這就是原因，非常中她意。

他也是一個作家，會講些小人物的故事。只有談到大師，她才覺得他身上閃閃有光點，她得快些催促他南下，必須讓他照辦。

在這間冷清清的房間裡，她的年齡在往回倒轉，黑夜真不賴。這時光像當年，哪一個當年呢？無論哪一個，她的懼怕在減輕，而勇氣在增加。一人獨處，幾分鐘後，便不再是難事。記得烈士廣場有幾棵光禿禿的百年老樹，冬天，說到就到。發黃的樹葉在人的腳底呻吟，有情意地跟人一段路，又被風吹回烈士廣場。她溜達著，尋找靈感寫小說。作家並不是想當就能當的，倒過來看，她似乎生來就是當作家的。她隨便打整生命，現在卻比一般人清楚自己的來由。九一八日本鬼子來得不是時候，盡把她亂糟糟的生活弄得十分簡單，毫無選擇。戰爭就是戰爭，不在意人歡喜否。她大著肚子，俠客沒和她睡一床，要麼睡床下，要麼睡下午或後半夜：她不睡時，才去床上補一覺，長長的身子彎曲。

她打量他，這人如此做，好像為了證明自己的正直，不乘人之危。得了得了，她對自己說，用不著多想。他是處男，她不是處女，那又怎麼樣？說實話，高潮之後，全一視同仁地厭惡。

她等著他向她點明。「你真是個性動物。」

他沒有，他到火車站去打聽南下的情況。他說，咱倆比所有逃難人輕鬆，一身輕，無親無故，無一寸地無一片瓦，兩手一甩走四方。他有許久未刮鬍子了，像個土匪。

離開老城的這一夜，日本人與國軍在城北鐵路線上交上火。「放爆竹吧，熱熱鬧鬧的，」她躺在床上說。月亮把房間照得藍白藍白的，她的話聽起來像囈語。「一定喪了好些人命。」「起碼今晚絕對安全，明天一早設法溜上火車，打天下去，攻克下那個高不可攀的霓虹之都。」他翻了個身，雙臂往天花板張開。

「你上來。」她溫柔極了。

他的手臂停在半空，沒料到她會這樣。

為感激他，她決定把自己連同未出生的嬰兒，在今夜托盤交給他。這個看上去力大強悍的男人，應當長個同樣的武器。她空虛的身體，渴望被搗毀。在做愛中任靈魂自由遊蕩，身體如碎片飄散。她喜歡對方收拾她的屍體，而不是她去收拾對方。

見他呆呆的，她挺著大肚子，從床上坐起來。他靠近床，渾身哆嗦。汗從臉上沁出，弄得她的手濕膩膩。

「你不願做，還是……」她實在忍不住。

他抱住她的身體，半晌，滑在她的腳下，「別問我。」

剛才他的反應不是由於激動，而是害怕和女人做愛。那麼幫幫他吧，她扯下他的內褲。肚子裡的嬰兒連連踢蹬，只得放開他。她忍著難受走向洞口大的小窗，呼吸著外面並不新鮮的空氣。

## 3

這座到處是洋樓洋人的城市一再進入她的夢，以前和現在。第一個走進咖啡館的是短髮女子，穿著不俗。短髮女子身後跟著大師，他手裡牽著小小的兒子。

奇怪不奇怪，她總是落在一男一女的世界中，但這次是自找的。

俠客買不到火車票。之後，費足勁才弄到二張船票，趕緊扛行李坐船南下。大師約他們在這家咖啡館見面。他們比約定時間早到近一個鐘頭。

有時是她，有時是俠客，寫信給大師，平均一週二封。自從進入這特大城市的人海中，天天盼著能與大師見面。大師就是打開這個城市和整個文壇的鑰匙，他們住在最便宜的亭子間裡，焦灼不安，什麼也幹不了，等候的時間如苦刑。大師給他們回了信，叫他們耐心。他們激動，真耐心了。但第二天，他們走上街，剛走一段，就不得不折回。沒錢，這座城市會立刻將他們的心臟擠壓得停止跳動。除了大師，一個熟人和朋友也沒有。回到亭子間裡，給大師寫信，才不至於絕望透底，他們向大師借錢，請大師介紹工作，大師依然讓他們等。我們能等待，他倆寫道：他們在勤奮寫小說，一點也沒抱怨大師。

大師又來信，還寫了見面時間地點。可剛一坐下，寒暄一番後，她就開始說送掉的女孩。由於她不得不去醫院，推遲南下的時間。不然還能早點見到大師。嬰兒雖早產，但活著。俠客沒和她商量，就把孩子送了人。她身體非常虛弱，顧不上女兒。醫院很小，醫生個個都老。

俠客對她搖頭示意，而她卻不懂，繼續說，她很想念女兒，可惜一眼也未看。聲音並不大，但彷彿全咖啡館裡的人，注意力都在她身上。她的冷汗冒出來，唯有大師的目光是異樣的。有好幾秒鐘，她感到他的親切和慈愛，完全沒有他作品中諷嘲的刀刃之光。

俠客趕忙從米口袋似的包裡掏出二部書稿，他和她各一部。大師很高興地接過來，要她和俠客隨便談談。談什麼呢，俠客直向大師點頭，連連說：「請恩師多多指教弟子。」

短髮女子插話，讓心事重重的她說。於是，她說，這部長篇是關於家鄉的一段故事，寫這部小說竟戒去她日深一日的鴉片癮。

短髮女子和大師交換了一個神秘的眼神，但看得出來，短髮女子也很喜歡她。為此短髮女子從大師懷裡抱走兒子，到一旁教他識字。

一次見面，結果是由大師給她和俠客各出版了一本小說，雜誌也開始連載，他們終於光光彩彩進入文壇，文壇承認了他們的價值。這座冷酷的城市一下改變了模樣，每團霓虹都露出媚態。俠客煥然一新，再也不是進門後一張臉，出門後一張臉。她卻比以前更為愁悶。

# 4

那天她梳了兩條辮子，穿了件經自己手工改的衣服。點點紅花在衣角衣領，與滿街流曳的迎春花潮相互輝映。她心情陡然變好，進了大師的家。短髮女子遞過來的茶水，她捧著，覺得喉嚨癢得發痛，她已經與大師熟到經常能來的地步。

短髮女子站起來，打量她。單獨一人面對短髮女子，她承認緊張。但她的眼睛沒有移開，或許因為大師，她才對短髮女子興致勃勃。

文學圈子的人都知道短髮女子和大師並沒有正式結婚，但與大師天生一對。作為女人，似乎還應當柔美一些。大師不想剖析自己，繁瑣沈悶的家庭生活，短髮女子在為他作犧牲，他需要這犧牲，卻並不贊賞。

「我不喜歡婚姻。」

「你是說你不適合婚姻？」她沒料到短髮女子會這麼說，一時竟無言以對，「以前？現在？」

短髮女子和她坐了下來，讓她說說，與俠客當初的相逢。

「那真是偶然，」她嘆了口氣。俠客不斷地說一個字「走」。城裡漲大水，他划舟沿江而來。他們避開守在樓梯口的放債人，從窗子不含糊地逃之夭夭。坐在舟裡，回望幾乎立即隱入黑暗的旅館。旅館老闆幾乎每天夜半來訪，他進入她的身體時間不長，從背後進入，他的嘴很難夠著她的嘴。不挨嘴唇，這樣的性交在她看來算不上性交，用早就該死的身體換所要的，很值。這筆交易，在還不應該結束的時候結束，她有點留戀。

俠客找到她的旅館完全是偶然。她處置自己的辦法早已想好，她沒有向任何人求救。俠客的朋友在報社當差，收到一個自稱愛好文學的姑娘處於險境的信。朋友把信扔了，說這年頭，什麼樣的新鮮事都有，亂世之中，誰顧得上誰？朋友的話沒錯，不到二日報紙連同所有人員都被清掃出老城，各謀生路。朋友不辭而別，他尋不到朋友蹤跡。忽想起朋友說過的事，就憑著特殊嗅覺幾條街亂走瞎撞，真給他撞上了。

「我老在想該不該告訴他，我並不是那個寫信的姑娘，不需要男人的俠義。想想，沒什麼必要。生活由不得人安排，陰差陽錯，碰上一個男人。這個男人看上去還過得去，那麼就試著再混一段日子。」她想，那姑娘呼救，而她嚮往死亡。

「一開始寫小說，我什麼別的欲望也沒有了。」

「不要命呀？」短髮女子好像很羨慕似地問，見她驚奇的目光才站起身，「讓我給你變變樣。」

短髮女子對她好，不留距離，她感覺她們很親。短髮女子的手插入她頭髮，使她舒服又癢癢。

她的身體又有胎兒似的，不管是男是女，待在她的子宮裡都感到不舒服。不舒服就是快樂。在街上看見小女孩，便目不轉睛，彷彿個個女孩都是她的。她故意不問俠客女兒的去處，同時又不得不原諒他。原諒後，她加倍恨自己。她也想愛男人，遠遠勝過自己。一次次，反反覆覆，她對付不了世界，世界對付她更加得心應手。

短髮女子並未注意她的走神，神情專注地裝扮她。未想到竟拉著她的手到大師面前，讓他欣賞。她站在屋中央，臉緋紅。惶惶然心跳起來，不由自主地將右手捂住嘴。

# 5

當時大師好奇地擱下筆，看看，朝短髮女子揮揮手，「怎麼把她打扮得這麼難看？她最不能同時用綠紅兩色，你偏用。趕快拆了她的髮結。」他好像有點生氣。

「是，夫君，」短髮女子笑著讓她坐下，沒幾分鐘，使她又變了個樣。

「可愛多了。」大師看著她，突然掉轉臉。

俠客夜裡把她弄醒。南下後兩人就自然而然睡一床，但誰也不碰誰，形同兄妹，沒有性，關係融洽。他發瘋地寫作，寫過緊要處，便哼起家鄉小曲。

沒有性，並不影響健康。一旦走出虛構的世界，回返現實世界，她就比別人更深刻地感受到性追求比性更令人過癮。作為一個人，一個女人，我很不正常？她第一次意識到。

不能說他們完全像兄妹，兄妹也有發生情戀的，超越血親禁忌的。如同這會兒，他專制地，不容她同意與否，進行性騷擾。她將他伸入衣服裡的手扔開，他脹紅脖子，開始罵她。

她內疚，不作應答。她熱衷於自己的夢境。

在寫下的夢裡，俠客前世是一個女人，說話拖拖拉拉，與一個弟弟總幹些莫名其妙的事。比如，他們姐弟倆總在爭吃東西，或貼牆走路，爬在要斷未斷的樹丫上盪秋千。

他倆從樹上摔下來。那情形，沒法再照實寫。她更不願照實寫夢裡的大師，每次夢見大師後，她都不肯睜開眼睛，就賴在床上，在床上閉著眼睛往下寫。俠客總瞅著時機，翻看她的文字。這作派太卑劣，但阻止他，又會捅破好多半神秘的事。

這天已很晚了，早已滅燈上床睡覺。俠客停止鼾聲，翻身下地，拉亮燈，從她的枕下抽出手稿，說：「你瞄上了大師。」

「你脫了褲子再說下面的話，」她絲毫不讓，粗野的字眼，閃著艷光從嘴裡滑出，她得到了快感，組織更大膽嚇人的字句，點中他要害：「我要是個男人，見著女人就操。」

他楞了一下，垂下頭。臉重新揚起時，伸出了手。熬了這麼久，他終於動手了。男人一動手，就是魔鬼的手，絕不會再聽使喚。

她抓起離得最近的一只枕頭擋在胸前臉前。一步步躲閃，突然竄出屋。他跟了出來，月光普照小街。身後腳步聲急促，她只能跑。她希望自己能飛，向星月點綴的天空一躍，胸一挺，鋪展雙臂，高飛起來。

# 6

她在租界那條街上已來回走了三十一趟。每次與俠客鬧完，她都不由自主來到這條街上。她與俠客遲早必分道揚鑣，她已看見他今後在哪裡，做什麼。他需要行動，一個行動接一個行動，大火已騰起在茫茫黑暗大地上。他早晚是會去的。這樣一來，她就不會去，不是對著幹。她的心思不在行動上面，國家前途，民族成敗，階級造反等等，統統與她本人無關。就是她寫作的題目，家鄉的工人農民，普通人的苦難，出自對大師號召的主義的尊敬。

現在她才明白，個人的存在，太淒苦。唯有大師，對他的愛情，才是她生存的目的。只要愛情還在她心中，她便不會滅亡。她就是為愛一個人而生的，不是為了寫作，寫作不過是她向這個世界表達愛一個人最直接的方式，最徹底的方式。

她腳下的步子零亂，目光更加銳利。這個城市，她舉目無親。從來如此，無論在哪個城市，都未逃脫掉這個定局。如果這個下午，還是如這個上午，找不到一絲兒愛情的訊息，嗅不到一丁點愛情的味兒，這個晚上她就輕鬆了，實施早已想好結束生命的計劃。

這刻她得為愛情的存在找到證明。大師不是俠客之後的另一個男人，他就是愛情的價值。

她絕望地想。同性戀行不行？行，我不在乎成為怪物。可是哪個女人，能代替母親和繼母？她們凌辱她的舊事已無印象，無印象，就更虛無，更易產生美的聯想。若能愛上一個女人，也不錯。為什麼要在乎呢？例如，短髮女子。但她情願愛大師，並不是非這樣不可，一定得這樣？什麼人都可去愛，假的也行，就他不行。

她的心跳不均勻，像俠客吃醋時罵的一樣：淫亂無恥。

不，不，不是愛。

我和他完全不可能「淫亂無恥」。他已經成為一面無數人高舉的旗幟，他把生命和時代融為一體，包括他的生病，也是由於這樣那樣的道義性原因造成的。一點也沒邪念的感情？全是崇高精神的愛情？她惶惑而憤恨，看來唯有自殺才能把自己拯救出來。

走過三十一次，這裡的足跡太密，清理不完。

一把傘舉到她的頭頂，她抬起頭，是大師。

「你看你，下雨都不知躲。」他慈祥地看著她說。

「我……我……」

「別說了，來，到家裡坐坐。」

「不。」她固執地說。

大師更固執，握住她纖弱的手。她只得乖乖跟在他身後。

短髮女子不在家。站在他的書房前，透過窗帘，巷子裡走的人一清二楚。可他怎麼能看見她在弄堂外邊街上徘徊？算了，不去理會清楚。

## 7

俠客頻頻外出，不在家，也不管家裡是否還有吃的。當然他有道理：這本來就不是家；她，不過就是他的一個小小人生經驗。有一點奇怪，他一直宣稱要把她寫入小說。她完全清楚他一輩子也不會寫，永遠也不會向別人承認這事。

「你輕蔑我，創傷我男性的力量。」他的話響在她耳邊，房外馬路擠滿車輛，如轟隆轟隆的雷聲從天邊滾來，「我後悔，你知道嗎？」

「不必！」她回答。

雨每幾日說到就到，陰慘慘的天空，比人更悲傷。她只能蜷縮在家裡，她向來不會理財，不知俠客把每筆稿費，他倆唯一的經濟來源，用在何處？錢總不夠用，常常吃了上頓沒下頓，病總找她作伴。怎麼辦？總不可能總是去找大師借，俠客能寫這樣的信，她不行。她只能讓文字超越實際生活。

北方家鄉的河邊，女人在嘻笑、行走，在洗衣、挑水。她們看不見她，她們就是在對面，也認不出她。難道她從來就和她們，也就是那塊土地沒有聯繫？莫非斷了根，就想另一種根？她早已認識到自己不是一個堅強的人。

試著想像，她們中的某一個人，就是她，在那個寒冷的早晨早產，產下一個注定要丟棄的女嬰。或許在以後的某一個時代裡，也會有一個女人如她？雙手朝外，企圖擁抱天地之主宰，卻只能緊抱自己，凝視前方，一句話也沒有。

父親的形象，淡漠又苦澀。跟不得已吃一種野菜，舌尖上長存的滋味有點相似。祖父的形象，更加遙遠，卻比父親顯得真實。祖父教她識字、寫字，臉上有家裡人不曾有的笑容。

大師也有這種笑容。像他回憶過的書屋、小鎮、童年，包括一個素不相識的車夫。一件件小事，串起一個人的一生。河流，特別是家鄉的河流，靜靜流淌在我們的生命。她笑了，大師，我們倆多相像。只是，他和短髮女子。她排除不了後一種狀態，現實的狀態。

如果我忘掉他，也許我的生活會變，起碼會喘得過氣來。是的，她同樣會忘掉俠客，他們都使她脫離不了痛苦，反而陷入更深。

# 8

用不著她訴苦俠客怎麼待她，大師知道，大師知道她傷心不在此。只不過是又一個文學青年，而已！大師不經意流露的藐視，使她感到報復的甜蜜。俠客與她名存實亡，彼此將會相忘於江湖。這一年，沒什麼人日子過得順當，大師昨日的憤怒已燙傷了「同派人」。轉眼間，夏季熱氣騰騰到來。

但是她得另找一個地方，不能老在弄堂外街上走。

「你去日本，或許你會看到另一種狀態。」

這是大師沈吟半晌後的結論。他說他是不可能再去了，但他思念日本。

「當年在那兒時，我整個生活徹底變化。天天讀小說，沒做成醫生，當了作家。日出之國，到處開放著櫻花。」

她呆呆地聽著，難以相信自己的耳朵。占領她家鄉的日本？大師看來病入膏肓，病糊塗了？但她發現他精神比前幾日好，說話做事狀態也不像病人。

不管怎麼，這是大師的委託，無論他要她做什麼，她都會做的，哪怕代他去完成這麼一個可能未遂的感情嚮往。可是她心裡極不安。

「日本人，我不恨。」她在為自己解釋。不必開脫，不管怎麼說，喪失故土的人，靈魂必然出現無數黑洞。她忍不住在心底輕輕地呼喚：大師啊，大師，我如何才能不離開你？

「幹嘛要恨？日本人與日本軍人不一樣。」

「可我不願離開。」

「你會喜歡那兒的。靜下心寫作，空了學學那兒的語言。」他磕掉煙斗裡的灰，突然咳嗽不已。

「你病未好？」她走近，幫他捶捶背。他的鬍子可能經常抽煙，靠近唇邊的微黃，臉白得發青。

「別擔心我，我只是被煙嗆了，多了不敢說，再活十年沒問題。」他看著她。

她後退二步，吃驚地坐在椅子上。

他接著說：「你不會在日本等十年的。我有二句話，」這個時候門外響起了腳步聲，他聽出來了，她也聽出來了，他停住話頭。

短髮女子推開門，知道她在似的，熱情地說，「就在這兒吃晚飯。」

「謝謝你，不用了。」她趕緊站起回道，「我來還書，一會就走。」

連說什麼樣的話也不會，還不如乾脆不說，給自己留有餘地，也留有尊嚴。而且這麼一說後，她的腿站不住，想往外衝。大師的眼睛第一次如此集中在她臉上。短髮女子硬不顧她的窘態，將她留下用餐。

飯桌上，短髮女子非常懂得講什麼話題，大師也照舊幽上幾默。她露出溫柔的微笑，忍著一刻，就能忍著全部。

他說：「你走的時候，別忘了告訴我。」

他堅決地把日本指給她，哪怕日本是個火坑，是他指給她的，她就得往下跳。或許他實際上是怕見她的，他與她感情密結。她不離開，就會給他生活惹麻煩。於是他把日本拉過來，擋在她與他之間。

他們的兒子脫離開保姆的管轄，到桌邊來。大師沒理兒子，卻朝她望了一眼。而她羨慕地看著短髮女子，當然嘍，短髮女子為他生了個兒子，他怎會選擇我呢？

整個日本生長在她和大師中間，於她又有什麼不對嗎？俠客將走他的光榮革命之路，他會再遇上一個比她好的姑娘。自然的，可能他還重振雄性，不再陽萎。她和俠客不會幸福，和大師也一樣？

她想不明白。

大師要送她出門，短髮女子趕緊說，她也要一道送她。倆人相互望著對方，僅僅幾秒後，大師說：「你送她吧。」

「不，你也得送。」

那是他們第一次頂嘴，當著她面唯一的一次。

對此，她只能沈默。

## 9

島國的日子寂寞而絕望，那裡只有稀稀落落幾點足跡。俠客偶爾間來信，他的信是另一種創作，在她眼裡比他那些笨拙的小說強得多。他身邊有了女人，他十分熱衷談論這點，如同熱衷於時局和祖國安危一樣。她不想點明，這種熱衷很可能是虛飾，他還不是一個真正的男人。

離開前她到過大師住的地方，遠遠注視他的窗子。他的燈到天明時熄滅，她滿臉沾著冰涼的夜露回家。她很想給他一封信，把他給她的一筆稱作預支的稿費還給他，說她做不到遠離這個城市，至少她可以拒絕一次！你不需要我，那麼就讓你看見你在對自己撒謊。我要親自對你說，你心裡有我，可你卻要我對你說再見。

該是她結束自己的時候了。大師當時不會不懂的，但絕不會相信，自我毀滅的衝動永遠是她最興奮的念頭。他絕不會了解，一個人絕望時可以走得那麼遠，沒有一個人可以趕得上她。他仍然會坐在他的書房，不停地用煙來代替心裡裝著的國家的苦難。直到她確實不在的消息傳來，他才會停止。只是一會兒，他後悔，恨自己，只是一會兒之後，他又用國家大事代替個人小事。她的死亡，將如一陣風，還不如一陣風，從他記憶中抹掉。

我不，還不到時候。她承認自己在等什麼事發生，什麼事，她不必知道。這種心情竟然能夠一直從霓虹之都延續到島國？

帶在身邊的還是大師的書，讀到能背出來。日文看起來和漢語相似，學，卻難極。害怕白日來臨。刺亮的陽光下，屋裡屋外一清二楚。房租，在上漲，食物價格也在上漲。她穿的全是舊衣，很久未去光顧服裝店。女人不開心，去一趟商店，心情即刻就可轉變。這妙方對她無用。

有錢多好，有錢的好，還在於能待在想待的地方，比如，想念大師，買張船票，就能到他的身邊。有了錢可以硬租下他隔壁的房子，叫短髮女子，也叫大師惶惶不安！隔海相望茫茫大海那邊的城市，距離消隱了，沒有任何障礙可以擋住她。

睡覺，是想念的最好方式。她卻一夜夜失眠。街上行人喧嘩，這天或許是某人家大喜日子。打開窗，燈光下，女人著和服，趿著鞋，拎著包，高髻聳立，插著花朵，漂漂亮亮。街也因為她們截然不同。黑夜剩下來太多，無法度過，她在紙上寫詩。在島國的日子，她不停地寫詩。詩是她的魂，小說是她的血肉；詩是她的聲音，小說是她的身影。

## 10

天亮後，惡夢反來造訪她。無助，又無奈，像是她生活的寫照。她的腦子其實什麼也不肯思考，讓它空，越空越好。有一天，她就這麼半睜半閉眼睛躺在榻榻米上，感覺有人輕輕推開門，走近。

有聲音不清晰地響起。「你這人真有意思，成天恍恍惚惚。」

她沒去理會。

「要我陪你嗎？」

她還是沒反應。你，任何一個你，在這時候與我有什麼關係，你就是一個神，也無法讓我擺脫現狀。奇怪，現在沒有鴉片，也沒有男人，為什麼我特別滿足？我在嘲諷自己？

是不是給大師寫封信，說她想念他，需要他？她寫了，結果還是撕了。她想說的，不能寫，而白水話，還不如不寫，他也不在乎。他從不在乎她？她知道自己是錯怪他了，但她別無選擇。

與俠客的通信，完全是為了知道那邊的消息，大師象徵那邊。即使俠客在信裡不提大師，也沒關係。

例假遲遲不到，她緊張。內褲上未出現斑斑血點。如果我有身孕，可能會感到生命的寶貴。嶄新的生命，未沾染一點污漬的生命，一定叫我另眼相看這世界。她好像第一次想起丟棄的孩子。

走近她的腳步突然消失，更增添了這種情緒。得重新有一個孩子，從男人那兒借來種，最好是陌生人，不過借他一個精子而已。她想，如果再有人進入她的房間，她就拉住他。懷上孩子，等候孩子出生，讓孩子長大。等待他或她叫一聲媽媽。女人生養孩子每一天，都比她現在的生活像生活，應該如此。到今天她才知自己還是一個地地道道的女人。

大師開給她的友人名單，她曾約見二位。生性不善交際，覺得與人接觸累。於是，她很快決定還是一人過，把自己封閉在島國，在颱風暴雨降臨前，她得對未來保持必要的忘卻。

我還有多少日子？她問自己。大師還有多少日子？沒有他的音訊，他的病能好嗎？

假如有大師的孩子，那又會怎麼樣？這個問題讓她驚住。

難怪短髮女子會寫一封長信給她，語句沒有責斥，卻充滿了過分的安慰。讀了幾遍，才發現是在調侃她。或許，她如果死了，短髮女子會為她寫幾篇有溫情的回憶文章。短髮女子的確不同凡響，她由此佩服她。也由此，她們彼此少了聯繫。最後乾脆斷了聯繫。當然避免不了這一結局，因為大師不再存在她們中間。

## II

大師走了。

他是準備好走的，但走得還是那麼突然。他催她去日本，就是預知大限已到，他要截斷她的愛，也許是不讓她看到自己死時的慘相。更想讓她代他重返故地，給他還一份只有他心裡明白的感情債，或許還有他愛過的身影？而她不去向他當面辭行，冥冥之中，死神已將信息傳達。他說他思念日本，而她在他生平最喜歡的地方，是他對自己和她獨特的安慰麼？他合上眼睛噓氣的時候，正是她躺在榻榻米上半睡半醒的時候，她的臉上看不見一點悲傷。

他讀不到她寫給他的詩了。他讀不到，她的詩照樣存在下來，沙之一粒，水之一滴，大師成為歷史，自然有其真諦。簡簡單單寫了一封信給俠客，算作紀念。她感到眼睛裡有火，乾燥得厲害。

她在心底歡呼：我得救了，從此可以去和任何一個男人，再也不會有一個影子晃來晃去，干擾我。一邊從昏睡中醒來，一邊這麼想，她走出房門，在皇宮前的街道漫步。太陽隱在厚厚的雲堆裡，雲像奇怪的建築物，色彩怪異。樹葉掉在她的頭髮上，取了一片，含在嘴裡，甜酸得她直想笑。淚掉了下來，既潮又燙。他曾經在島國也必然走過這條街，他一個人，他喜歡一個人，走在這街上，心裡想些什麼呢？

突然，她想起來，大師家鄉的風俗，鬼魂會來故地收足跡，有時會附在人身上來走一遭。她心一驚，眼一亮。

在一個牛長著青綠竹葉古色古香房子前，她停了下來。門上的日文和中文相似，是一個餐館。她走了進去，像當年他一樣，脫了鞋，盤腿坐在榻榻米的矮桌前。要了清酒，他說過最喜歡的三種生魚片和新鮮蔬菜。

雨聲響起，門帘藍白藍白，不時有木屐油紙傘閃過。斜對面的二個對坐的男子，看樣子享受佳肴正是火候，全然忘記他人在場，邊笑邊談。她斜著眼把這二個男人考究一番。送酒菜的店家來，跪著將碟和盤細心放在桌上，指點她先吃哪樣後吃哪樣。她聽不懂，但食物在面前，語言由點頭手勢微笑組成。少女時代，她不就不從家裡安排的婚事，一氣之下，約了一個男人租了城裡一間房。不和這個男人，也會和另一個男人，隨便找一個，也比家裡相中的那個強。同居，是新時代的象徵，她嚮往新時代，便這麼做了。那個男人有老婆孩子，卻把她帶回家，想她做小。她只得朝前走，走得路斷糧絕。此刻，應是方向明確的時候了，但她心中之人卻不存在於世上，這，等於要了她的性命。Sake，大師說過多次：你一定要去嘗，一人獨飲，方知其味，Sake。她一氣連連喝了二小盅，手自然地拿起瓷瓶，冰涼清香，順著喉嚨順著心跳流淌。

她臉上現出淡淡的紅暈，還是繼續喝著。就要現在，只有現在，她就是這麼一個人。

她穿了鞋，付了帳，跟著那兩個男人。路燈光亮而柔和，兩個男人歌喉放開，不成調地胡唱。她默默地走著。不知不覺，前頭剩下一個男人，她覺得是個徵兆。她停住，那個男人也停住。

## 12

從小她就對自己的相貌失望。見過她的人卻說她的頭髮烏黑閃光。小小的身材，秀氣的鼻子和嘴，尤其是眼睛一點也不混濁，總隱含著深深的哀傷。脫了衣服，她的腰和臀部比例協調，乳房不大，但是一對隨時都會鳴叫的鳥兒。

她裸著身體，走向她的獵物，第一次大膽，第一次解開一個男人的衣褲。動作從容，不重不輕，不快不慢。她就像一個老手，面對性器官，盡情享受。長夜行，年華如能劇裡最揪心的一曲。潮水將她送到她要去的地方，大師，你和我，我和你，大師。在她將退出歌唱的一瞬間，她終於看見了他。

這次咳嗽比平日長，痰裡有時帶有血絲，肚子也不時痛。她只得躺在床上，寫些短篇。一點也不順手，常常寫一百來字就得中斷。下一生後一世，也不肯為作家。我最大的不幸是成為作家，她寫道。其次，才是生為女人。她厭惡她做過的所有事，每一個男人。如果回國，必須向俠客挑明，他只配做一個戲臺上的男子。

她咳嗽停了，卻打了個嗝。

又是個不眠之夜。像曾經有過的異國之夜，她環視屋子——一個舊日的念經房，桌面床柱乾淨整潔。蠟燭始終不見短，好似原樣。

大師不在了，她就能回國了。

門外有貓叫。那年在島國，她一人睡不著，便靜靜地聽街上的貓叫。黃黃白白的貓，在門帘下蹲著。數不清，大貓小貓變化，跟她逗迷藏，惹她煩。不，我並不煩。貓是否是大師介紹給她的朋友？她笑了起來。

# 13

記得不錯的話，回國的第一樁事，是要求與俠客正式分手。俠客卻拒絕，說應該先去給大師上墳。他對她態度來了個大轉彎，言談舉止間透露，以前是由於大師的存在，現在大師去了，他和她的關係走入正軌。

「眼下要緊的是把你知道的大師寫出來，最好寫成一本書紀念他。」俠客指點她。

「你自己寫好了。」

「我當然寫，但你寫的重要。」他笑著說：「你們經常見面，大師請你去也不要我陪。」

他記著大師的仇，男人不會原諒男人。她本打算為大師爭辯，但吵架時她會罵粗話，褻瀆了這題目。到睡覺時，她表示，不分手可以，但得分開睡。

他做了個投降的動作。

熄燈後，她眼睛大睜，黑暗無邊無際地撲上來，淹沒著她的身體。她大叫一聲，俠客問：

「怎麼啦？」

「沒事，」她回答。

她知道自己又錯了，到底錯在哪裡？如果仍流寓國外，未必不可。離大師近了，卻找不到她的位置，沒有大師的霓虹之都不再是霓虹之都，她也不再是她。三年前，是因為大師，她才和俠客奔這城市來的。俠客要聲譽，大師給了；她要的，大師卻那麼吝嗇。或許他認為他已經給了，只是她要得太多。他的語言，他看她的眼光，他們離別時，連平常必握手說再見，也不曾有，拘束極了。她難下決心和俠客一刀兩斷，完全是由於大師。她喜歡俠客不時提到大師，發醋酸，也是好的！她心絞痛起來：從未有過一次單獨與大師相處的機會。只有那麼一次，然後匆匆離別。

第二日，她獨自去江邊。車來船往，人特多，什麼樣的人都有。離開碼頭，她走進一間英式酒吧，要了酒。坐的位置，朝窗。滔滔江水，輪船比往日兇猛叫嚷。大勢所趨，霓虹之都必是殖民地，那又能怎麼樣？她看了看左右，酒吧裡黃皮膚還是居多。如果她這話說出口，一定會被人當場撕成碎片。評論界已視她為派別的代表，歐美派自由主義分子斥她為失去個人主義精神。誰能料到，江上飄著什麼旗，她竟然無所謂？

從來酒量不大的她，這個晚上卻一杯接一杯喝不醉。付錢時，侍者不收錢，說有人先替她付了。

憑著直覺，她知道付錢的人這會兒在不遠處瞧著自己，她不想走過去感謝。邁出酒吧門，那人沒有如她意料的一樣：跟來。

也好，她有點失落。一人漫漫走著，江風吹著她的臉，旗袍飛捲，露出腿。

「小姐，想搭車嗎？」一輛轎車停在她面前。

這就是付錢者了，她抬起臉，仔細看了看對方。酒勁在這時全湧上頭來，奇怪，她的心痛突然停止。

# 14

弄堂口全是木箱，雨水沖刷已變色。弄堂露天有小便池，男人隨便轉過身在解小便，是這個自詡最文明的城市一大怪。梧桐粗壯，上面有蛇盤繞。走近才發現是人畫的，青黑青黑。收荒爛的小販叫喚著，天早亮了。

可以與人有性事，卻不能同眠，她不能以一夜無法睡覺為代價。她的身體即使與人交歡，也是獨立的。帶著這種感受，面對俠客，一點也不內疚。但俠客沒問她，似乎她永遠不歸才好。

霓虹之都太，文學圈子卻一向小得怪擠得慌。風言風語，到她那裡不過比旁人晚幾天。俠客東窗事發，被友人指責，受不了，回來找她發洩。他無賴透底挖苦，見她毫不在意，更故意激罵她。

原來他並不是要留戀她，而是為了向大師的魂顯威，表示不管在大師生前或是死後，她都像一件行李從屬於他。「得由我提出分手才行，」他憤憤地說。

「我提就不行。」

「當然。」

「你幹嘛不早說？」她聲音都變了。

「有這個必要嗎，」他把鞋底翻過來，拍著上面的灰土。「我會有良心待你的，放心好了。」

幹嘛要和這樣的男人較勁，她坐在小桌前，靜了靜心。邊寫，邊想沒有幾天能再待在這裡——這座使她一舉成名的城市，這座使她滿懷無望情感的城市。她二度離去，二度歸來，但永久離去已成定局，這一生裡她不會再回來。歲月已在強迫每個人重新開始，文化人要麼順從占領當局，要麼遷往內地，要麼投奔革命。

當她寫回憶大師的文章，她湧起寫一部新的長篇的願望，被切成片斷的過去，童年，它將是一本關於家鄉的辭典。它和舉國上下一片抗日愛國浪潮相關不大，純屬個人紀念，是獻給你的，大師。她停了停筆，凝視面前無窗矮小的牆壁。

俠客倒在床上，故意干擾，嘲笑她以前的獨自離去。他說她不該從日本返回，即使是他要她返回，她也該一口拒絕。

他們一起離開霓虹之都的，在他的又一次情變後，她傷心再次做他的行李。那一程路怎麼走的？印象中已很遙遠，火車搖晃得厲害。過河過山，視野裡盡是被砍折的禿樹，無窮無盡南下的軍隊，馬匹武器糧食，殘陽隨著鐵軌移動。

## 15

終於捱到這一天：俠客提出分手。春天，在大江中游的江城，幾乎全國作家都到了此地。文學雜誌社址自動成為往來作家聯絡中心，他們就住在這兒。有天傍晚兩人大打出手，她哭著奔出房間，他在背後把門一腳踢上。她避在朋友家中，文人聚在一地就多一則故事，還加了點淫猥細節。

「我知道他，早晚的事。」書生勸她別難過。他與她第一次見面，但同樣來自北方老城。人雖長得不漂亮，也沒有俠客神氣，但溫和，有學識，不和俠客一幫。

「但他以我不去革命為理由，」她說。她想她可以去任何地方，但他去的地方，她就不能去。他要分手，她該高興，但是她卻感到被人拋棄的恥辱。

書生讓她考慮和他到內地山城，他向她求愛。

「很突然，別害怕，」書生握著她的手：「和我在一起你會寫出好小說，不信你可試試。」最後一句，讓她心動。他讀過她的所有作品，她也讀過他的小說。不用對他深入了解，男人是什麼，她不糊塗，我以前的生活盡在冒險，或者說嚮往冒險的生活，喜歡和由不得人安排的命運下賭注。

我沒有贏過，不想再作這種遊戲。她點了點頭，但願這次例外。心底裡，她覺得跟文學圈內的男人走，是好事。馬上會傳開，讓背叛者嘗嘗被背叛的滋味！

## 16

「我懷孕了，」她對俠客說。「你當然明白不是你的，」

「真有你的，又懷上了，誰的種？」

「和你無關。」

他跳過來，但控制住了。「沒有什麼事你不敢做的，我一開始就該明白。總不可能是大師的吧？」突然停住，仔細想了一下，「瞧我，時間對不上，是不是？」

蠢貨，醋勁真到了頂，他頭上似乎在冒煙。中國男人，哪怕自己再「浪漫」，哪怕早就要分手，也不能忍受女人「不忠」。

沒有比說這件事更具有告別意義的了，俠客應該明白，他們彼此在心中的份量。他到她欠債等死的竹樓來找她，就是誤會。不過沒有他，她也不會見到大師，成為一個好作家。歷史翻來顛去，證明大師的確沒看錯，她的確是比俠客強得多的作家。

俠客終於平靜下來，像是給她一個好處，他說：「若你想去聖地，我可幫助。來找我。」

「謝謝你。」她問：「什麼時候你啟程？」

「快了。」

他盲目地投向火焰，而他的脾氣卻只能做遊俠，不能當革命者。他成為文化人中最早的反革命之一，世紀末垂老時，才獲得尊敬。而人們敬重他，是因為他動手打過她！

她和書生的關係還沒開始，就幾乎結束。本來想找個合適的機會告訴他，但她生性不會裝，也不想隱瞞。

「我也不知道誰是父親？」她說。

書生認為她有意迴避，不肯說。而她卻認為誰是父親不重要，何況她就是想要一個非正常出生的孩子。

「這是我的孩子，你會喜歡的。」

書生長久悶坐，不再答話，他和俠客很不一樣，俠客始終居高臨下，鋼鋸一把，非把她搞得支離破碎才肯罷休；書生則敬慕有加，棉花糧一團，鬆鬆軟軟，要站立卻不易。

她清早起床，發現屋裡就她一人。顧不上穿衣洗漱，就找書生。自然找不到他，氣餒地坐在書桌前。拿起面前的一本雜誌，他的信夾在裡面。他希望她去找他，如果她認為必要。他為他不辭而別抱歉，說會繼續給她來信。

拿著信，她渾身冰涼。她嘔吐起來。他比俠客還不如，俠客直接的方式，還可接受。於是她打算趁胎兒還沒長大，身子方便去一趟西北。她不是後悔，想回到俠客身邊：面對更意想不到的羞辱，她第一個反應是逃走。什麼時候去什麼時候回？她早已忘記。肚子裡的孩子如期待的在一天天長大，她為此快樂。城裡處處響著愛國宣傳隊演戲的聲音，她把自己關在屋子裡，寫一個與心情截然不同的小說。主人公是個瞎婦人，家破人亡，最後發瘋。

她發洩完了，撫摸自己的肚子，一定是個女孩。她把小說中的男孩子改換成女孩，女孩和母親貼心。她欣慰地對自己說，女兒必將像我愛她一樣愛我。不是大師的，也就是大師的——當時我想著大師。

## 17

空蕩蕩的碼頭，像被人特殊布景過，極不真實。船也稀拉，人也稀拉，破爛厲害。她在江邊下最後二級石階時，腳踩空，跌下坡。待產之身躺在髒髒的地上，她一次次試著爬起來，均未成功。

索性不再試了。多麼像我的一生！她不能有一點改變，雖然也竭力改變。沒用沒用。

世界沒有希望，危機四伏。人和人互相隔絕，不能理解，人和人只知彼此造成痛苦，而不肯彼此給予愛。人們談論的是戰爭，關心的是戰爭。一個女人的私事被國難掩蓋住了，她甚至找不到一個可傾訴的人。在霓虹之都，再孤獨的日子也不難度過，她有安慰處：大師的墓地。她背靠著碑石坐著，一個下午甚至整整一天就一閃而過。有時，她繞著墓地走，引人側視也不管。她的確是個瘋女子。她明白自己完了，假若大師還活著，我不會熱烈想他到這程度。

這裡過路人，看了看躺在地上的她，卻走過去了。

江水在她的眼裡如零亂的線條，她閉上眼睛，想永遠躺下去。江水竟漲到腳邊，九月的江水照樣如十二月刺骨。孩子，她心痛地叫，你得原諒我。我總是一個人走路，不管是在北方，還是在江城。戰爭總在我的生命中交叉，戰爭逼走我的青春，美好記憶永遠與我分道而行。

我已經交出我的家鄉和大師，已經交出我的女兒，難道我還必須交出我還未出生的孩子嗎？

她感到天空飛滿黑鴉，孩子如光亮照耀她蒼白的臉。突然，她像條拋上岸的大魚撲騰起來，掙扎著呼救。又有一個路人從身邊走過，有一大家子人朝她的方向走來。

## 18

這座城市怪模怪樣，浮在兩江之上，好像只要她伸出手，就能搖撼那些擱在岩石上的木板房子。

書生把她送到遠郊的一個小縣份裡，住朋友家。書生回城裡，住報社男子單身宿舍。臨走前，他對她和朋友叮囑了又叮囑，客氣而周到。

朋友見她呆呆地坐著，說：「書生心好，城裡天天挨炸，這兒安全。」

她笑了笑。

她忍著陣痛，抹去額頭上的汗。朋友送她到附近的產科醫院，崎嶇小道上，滑桿在一閃一閃響著節奏，她陷入昏迷。一個六十年代初期出生的山城女子，身邊總帶著她的小說，唯獨不想去她曾經生產的地方，她也是個作家；八十年代後期，也就是她生產這天的五十年後，有個生長在南方的亞熱帶女子，專程來找她生產的地方，她是個詩人；九十年代末期，一個異域島嶼女子通過電話告訴友人，她將前往山城，她也是個作家。那個山城女子想著異域島嶼女子花園裡的竹子，在歐洲這一年開花的事。歐洲的竹子據說是一個叫威爾遜的人一九〇七年從中國南方用船運回的，以他愛女之名為竹子取名：Muriel。妙瑞兒注定九十年後必開花。開花必死去，死去必再生，因為種子已在風中撒向天下四方。

這些事，她不想知道，哪怕是在這麼個冷清的夜晚，專門讓她尋找往年足跡的夜晚。她甚至都不願回想那年秋天，她由於臨產陷入昏迷的事。與她心願相違，是個男孩，而且一離開子宮就嚥氣了。

她對命運服氣了。有一天，朋友向她提書生，她聽著聽著，突然站起來，滔滔訴說，再也停不下來。朋友驚呆像木瓜，她才住口。好馬不吃回頭草？她不能當馬，她得當人。

松林山，還有房前的一叢竹林。是的，當年她也以青綠的竹林為生活的背景。每九十年竹子才開一次花，但她面前竹子不必開花，因為它們知道她已經死過不止一次，竹子也不必再生，因為它們明白她已經重獲生命不止一次。

## 19

她們走下山，那兒正在建房。搭梁前，殺了兩隻大公雞，很是熱鬧。兩人欲走近，被攔了回來。女人不能靠近，靠近不吉利。兩人擇溪畔小徑爬上山。女友採了一些山坡上的野花。她挽著女友的手，剛想張口說什麼，突然渾身僵住。女友問：「怎麼啦？」

她手往山下一指。一個男人從另一小道往山上來，不太識路，他在張望。「我不要見他，幫幫我。」

「不會是書生。」女友安慰她。

「請你去打發他離開。」她說。

山下之人真是書生，他未能見著她的面。隔了許久，女友才回來，找到依靠著一棵松樹坐著的她。

「他走了。」

「他走了。」她重複女友的話。

「說了你別生氣，我感到你們兩人都值得同情，他很痛苦。」

「你是要我回到他那兒去。」她說，「對不？」

「任何時候我都歡迎你和我在一起，你知道的。」女友坐到她的身旁。

「我知道。」她把頭靠在女友肩上。

松林山的足跡最容易收拾。大自然寧靜，她變了，抽煙，唱歌，跳舞，勤奮地寫作。生活可以無限延續下去，並不是假相，生活有時也會露出友善的一面來。山下的男人，帶著後悔的情緒，卻來得更勤了。她對自己說：「你錯了，堅持住，你就能挺過去。」但時間一長，容易健忘的她，不再趕他走。

她心慈而大方，容貌因為快樂而顯得動人。書生不時給她帶來當時弄不到的書，對她新寫的小說提出切實看法。春夏交際，山上蚊蟲多，咬得她皮膚受不住。書生要她下山，她也禁不住他柔順的一再請求。

書生提起自己在北方時曾給大師通過信，也算得上大師的門徒。書生對大師表現出尊敬，令她一整天高興。發現這點，她感到和他重新在一起還是值得的。

與大師有千絲藕連的關係的任何一個男人，她都不會拒絕。她是在為大師活著，她得寫一部真正代表她的書，留存在世。唯一她能為他做的，象徵她對他的全部愛。

書生薪水可觀。風景迷人的北郊，山峰險峻，江水清澈透底，到處綠樹奇花。日本飛機不肯光顧，十分安全。從前苦已吃夠，趁著死辰未到，幹嘛不享樂享樂？再次失去一個孩子後，她確實徹頭徹尾地變了。

## 20

家俱，屋裡的字畫，他走路和坐在書桌前的每個姿勢仔細描述。短髮女子，她寫到她，開始真正喜歡她。他和短髮女子的孩子，她當然愛，但孩子兩字，寫著手就抖，只得輕輕幾筆掠過。她把幾頁手稿擱在窗前，不料竟忘記。一日取過來瞧，上面字跡被強光過濾，最上面的一頁只能認出幾個字。

揉成一團，扔了。她機械地在屋裡走著，到床上躺下，臉朝向蚊帳開口的方向。有人在蚊帳外，隔層薄紗。她動了動手，想去拂開蚊帳，卻無力垂下。

你乾脆承認才思耗盡算了。

我承認。我在回答誰呢？她睜開眼睛，猛地坐起。遠遠地聽到書生的腳步聲傳來，他上完課回家，得給他準備晚飯。

「你看什麼，有什麼好看的？」書生沒好氣地質問，放下飯碗。

她吃不下飯，仍舊盯著他看。這世界多麼奇特，幹嘛就得我和這個人生活在一起？幹嘛他就有權力對我喝斥，我服侍他，陪他睡覺，為他洗衣，為他抄稿。像個不需付錢的女佣兼性具，莫非我賤得很？

「神經病！」他離了桌，從鼻子裡哼出這句話。

真賤，原來這才是我。我再也不能寫出像樣的東西來，真完蛋了，一無所有。書生一定盼望我如此，文學圈內外沒人會不高興。生活失去任何存在的意義。可是，我又有這麼多話要跟人說，跟你說，大師。

大師的眼光，總是繞著在她身上游離，她第一次害怕回憶。要不要向父親認錯，返回淪落到日本軍隊手中的故鄉？父親在這時與大師形象重合，難以分辨。她默默地流淚，書生像個影子閃進。

他坐在床邊，看著她。

「有完沒完？」

他等了半晌，未見反應。伸過左手拉她。她叫了起來，嚇了自己一跳，也把他嚇住了。她從不這樣，那不是人的聲音，動物也沒發出這樣的聲音。

書生大笑，和她競賽似的。輪到他看她了，但不等看夠，就把她壓在身下。她沒有反抗。書生的動作並不粗暴，比平時好。

她沒有推開脫她裙子的書生，而是幫助他進入身體。她把他當作大師，大師，我是你的了，對，就是這麼無法說出的感覺。於是，她的狀態並非人們通常想的：一具僵屍。她的身體靈活，自由，甚至漸漸柔和起來。潮濕的液體在朝身體外湧，那一定是血。她正當經期，書生不會不知，他不在乎，她在乎幹嘛？何況這感受刺激著她，她在一片鮮紅中首先看到晚霞，呼地一下騰直在西天，鄉親們叫火燒雲。對，火燒雲。小孩的臉紅，白狗的臉紅，紅公雞的臉更紅。雲從西到東，片片斷斷燃燒，一會金燦燦，一會半紫半黃，半白半青。出現一匹馬，頭向南，尾向西，且跪著，專等人騎。兩三秒後，那馬變大，脖子伸長，尾巴卻不見了。

書生做完事，一邊滿足地提著褲子下床，一邊帶著悢悢的目光，像是在說：你在想別人。一絲嘲笑掛在她的嘴邊，有著血污的下身裸著，上衣半遮半掩。

她的思想不在這，而是尾隨父親。父親總以背對著她，父親兇狠狠的樣子多少年過去，仍令她顫慄。莫非他是愛我的，我也是？和書生舉行婚禮，是的，她和他有過象徵性的一次。他們請了幾位朋友，吃了頓飯，也喝了米酒。那個夜裡，她夢見父親，父親沒有罵她，而是也在喝酒，說你結婚這麼大的事，也不告訴爹一聲？父親不聽她勸，大口大口喝酒，到後來，拿起酒瓶往嘴裡倒。她玩水，掉進江裡。父親奔來跳進江裡。「記得那天我生很重的病，一進水腳就扯筋。我是栽到你這個不要良心的小東西手中了，我想我們上不了岸，我們死定了。」父親說著說著，忽然嚎哭。

她醒了，書生早醒了：「你大哭大嚷做什麼？」

「我夢見我爹。」

「別談你那爹，睡覺吧。」書生哄孩子似地說，側過臉繼續睡。

許久了，她沒有想過父親。父親也從未如今天這麼一再出現，意味什麼呢？女子當嫁不嫁，既不孝順又無德行，自然必有報應；女子不當嫁而嫁，於哪個世間都不容，自然災禍難斷，無出頭之日。她張開的腿斜掛在床沿，一動未動，像是故意保持難受的姿勢。指腹為婚的女子在家鄉不少，倔強的往往不從，跳井，上吊，只需做，就能成。女子上不了戰場，說這話的人有腦病。問男子，敢否跳井？再膽大，也不會的。而女子卻敢，上戰場還有活著回來的可能，沒準撈著一官半職，跳井的結果唯有一個：變成一個冤鬼。

她的手抓住蚊帳，大師哪，我又能寫了！在這種強烈的念頭催使下，她身輕如燕，離開床，到書桌前。

## 21

是否從未對家庭生活期望過？母親與自殺做遊戲，對她也做實驗，用石頭砸她的頭。九歲那年，母親如願以償。開始她逃避家庭生活，後來接受它，是否不甘心受挫於男人們？這個時候，大師離她遠了，她深深地感到。是不是和大師該道再見，雖然通常是一邊離開他，又一邊相遇他。

從大師身上我看到自己的忍受，他不存在於我的生活，何必再作犧牲？一個孩子哪是我要的。

我存在的理由何在？等獻給大師的書完成後，我就該去應去的地方。即使我不去，也沒辦法，我的心已去了。

她一一向友人道別，山城在一點點變小。日本飛機來往自主這個城市，哪裡有安寧？戰爭不離開我，就讓我離開戰爭。

# 22

黑色的沼澤團團圍攏，她正在先於海島而陷落，末日臨頭，反使她勇氣倍增，全部精力投入寫作。她真感到時辰已到，堅持不下去。她無人可說話，在這裡一年未終了，書生和她的關係走入盡頭。

經歷我生命的男人，就像血吸蟲，吸盡我，拋棄我。一旦他們露出笑臉，我立馬忘卻。他們自私，其實我也一樣。我身體與思想總是分離，從未達成一致。對大師，我奉獻的只能是思想，肉體一直是我和他的禁地，當我想衝破一切時，死神帶走了他。不對，應該有一次在他書房。莫非我真在日本的一家私人醫院打過胎，而並非鴉片癮復發？那只有二個月的孩子，是他讓我離開的回答。孩子的不能夠存在，如同我的不能夠存在。

被注射針藥或是他的死，讓我失去了那段記憶？什麼記憶不再使我痛苦？現實，此刻——在我寫作時，大師隨著我回到家鄉，他像我一樣驚異。我們的身體在一起，靈魂在一起，彼此越來越近，像兩個從未有過的詞落在紙上，產生出從未有過的含義。

「你我二人誰也不識誰。」書生淡漠地指出。

「但我了解你。」

她頭也未抬說著，繼續手上的工作。敲門聲，不錯，很清晰，是有人在敲門。

她知道，她已經沒有朋友。曾寫信給文學圈中幾個著名前輩求助，沒有人回答。她明白自己在文學界早已是個「破鞋」，人人得而避之，尤其是那些有丈夫兒子的女人，或是有老婆家小的男人。

她沒應門，卻咳嗽起來，止也止不住。

## 23

一個無家無室的年輕人來到病床邊照顧她。他很像大師年輕時的照片。並非重病之人易生幻覺，她知道自己馬上就會見到大師。貧血、肺病、喉瘤，虛弱的身體對針藥開始拒絕。她從逃開戰火始，終於還是被戰火追上。難道不是天意嗎？她是一個彗星，到哪裡，哪裡就失去安寧，夫妻會反目，原野會流血遍地。

「我並沒有發瘋，雖然我一直處於發瘋的邊緣。」她每吐出一字都得忍著巨痛。

「你不能說話。」

她改用筆與他說話。那一年，祖父非要打她的手，因為她忘記把書放回書房。她害怕地伸出手，祖父卻只是在她的手上輕輕拍了拍，他哪捨得打她？院子後面有一棵棗樹，她喜歡爬上樹，在樹上吃棗。「你知道，我恨他，也恨他。」她扔了筆紙，掙扎著坐起來。

「還是我自己不好，幹嘛信人家呢？」她說話沒人回答。

護士走進來，她才發現房裡就她一人，年輕人這會兒不在。護士打完針，對她說，下午得開刀，換她喉中氣管。幾天前她被醫生誤診，錯開一次刀，使病情加重，早已不能發出聲音。不久，她已徹底地在自己預料中，昏迷不醒。

魚游上岸，五顏六色，呼吸著青草的芳香。水裡開滿花朵，清一色藍，和她的衣服混成一體。我不願停止思想，我可以想像在家裡，我自己的家。失去的孩子們長大了，在身邊嘻戲，叫著媽媽，還有一個鬍子剪得整整齊齊的爸爸。是的，什麼都還來得及。窗外山太青，樹太翠綠。

## 24

沒有能夠等到獻給大師的書出版。三分之一由於病；三分之二由於我就是要這個結果。她想，可能說不定是她起床的時候了。

穿上衣服，她站在床邊。房間裡蠟燭突然滅掉，漆黑發紫。按照一般小說的程序，現在應該發生點什麼，生活比小說更像小說。她耐心地等著，月亮從漆黑中升出，不過絲毫未增添某種神秘。生活也並不比小說更神秘，她保持鎮定。

窗外有手指在輕輕敲。這就對了，她走過去。猛地打開門，外面什麼也沒有。「演習呀？」她罵道。

「當然不，」有聲音在她身後響起。

她回過身，房裡並沒人。

「別費神，你看不見我，我看得見你。」

「那也好，你想要什麼，」她說，「你想幹什麼？」

「你倒真直接了當，你真不尋常。」

她的手朝外一揮，好像不屑似的。門外走過許多人，只有腳尖著地，走得急匆匆的。

「跟上去，孩子。」那聲音變得溫和些了。

她於是出房間，感到自己也是腳尖著地，如在半空中行走。前面的人，全是白衣，長短不一。有的搭肩拉手，有的一前一後互不干擾，悠哉怡然。走廊極長，不寬，但屋頂高，在黑中顯得遙不可及。我演過戲嗎？她不肯承認，如果演過，唯有這一回，激情早已消失，我隨命運愚弄，也唯有這一回清醒，毫無怨言。

不知不覺中，她加快步子，隊列裡似乎有大師，他長衫，縮著脖子，披了條圍巾，很冷的樣子。她並沒叫住他。親愛的大師，我終於跟你來了，為什麼卻感覺不到幸福？你本是不想要我的，並非不愛我；你從未敢正視過你自己，不是僅對我一人如此。

是的，我快收拾完我的腳跡，我已去曾經到過的每一個地方；將去何方，不知道？大師說過《金剛經》裡的句子：禪即是「無所住」的。如有所住，反受其累。看來，人應生無所住心。這麼說，從我返回這個廟後，我就是一個結完孽帳的人。這時，四周全是看不清臉的影子，他們等著什麼事發生似的，停了下來。

她想停下，卻未能辦到。一匹馬嘶鳴著橫在面前，一人坐在馬上。她見過這馬，這人自然就是引導她入廟的那人。情急中，她閃過去，渴望抓住馬上人，卻只握著馬尾。馬和人都不見了。前面是一大坡石階，頂端立著一排明晃晃的刀叉之類的東西。背後似乎還有一大坡石階，望上去，等於望著黑洞洞的天。她低下頭，努力克制，一步一步上臺階。用不著恐懼，也不必想挺過這一關後，如何選擇下一生。她從心底喊道：我本就是從地獄歸來的女人。

陡峭的石階在她眼裡鋪展，漸漸平緩。從這個國家的極北到極南，她看見她最後一個腳印在天藍山青的海邊，一片白光聚集淺水灣，人們管這個海島叫香港。

# 神交者說

## I

你駛得極快，拐彎處也不減車速，只有車輪吱咯吱咯猛地怪叫。你的眼睛，也就是我想念著的眼睛，那麼多車燈掃過，一直盯著前方。你要去哪裡呢？

一靜下來，我就看見你。我們雖然從未見過面，又有什麼關係？你說你的呼吸裡有著我的氣息，奇怪。你喜歡我身上的氣味，我從不用香水。在人堆裡，在喧鬧的酒吧鑽過，啥味兒都有。我回家第一件事就是洗澡，乾淨，自然，就是我自身。如此說來，我是一個容易相處的人，反正我自己這麼認為，我也要你這麼認為。別人怎麼看，別管。

你的小島風平浪靜，海水碧藍，正在朝大陸飄移。我的小島躲在風暴中已有一週，電視裡房屋坍塌，樹木折斷，看風暴的人落入巨浪。你和我都長髮烏黑發亮，你和我都視力還不差，手伸出來還未全是老年斑，被人輕吻的一瞬，手會禮節性地一哆嗦。很好，兩個島嶼之間的距離，我們存在於其中的時間，全是假定的。已經到這個分上，時間空間都是瞎扯。

## 2

我先坦白，我是一個操神者。

請別在乎我用這個聲音粗粗拉拉的「操」字，在我們可愛的母語中，它沒有一個可替代的字。沒有詞有相同的「正名」能力。與其讓那些狗德性的男人在發情時亂用，不如讓我們來用！你是不是已知我有這好品德，故意避開？你有潔癖，總是在清理內心世界，容不下一個髒人。

什麼，造神者？你問，我知道你們四川人造操不分。

我說沒關係，意思一樣。

為什麼操神者就是神造者？你緊追不放。

你不就是？我倒要問一聲。從來我就未見到過你，是不是也跟怕這個字有關？你笑什麼，有什麼好笑的？可我喜歡聽你的笑聲，像釘子鑽進我皮膚，鑼鼓齊鳴。

操神者就是瀆神者，更是祭神者。操神者就是你的崇拜者，你快樂的奴隸，你苦惱的追求者。

於是你一通百通，總結出一句簡單的道理：操神者就是神操者，正如造神者就是神造者。

## 3

街上裝扮過，焰火炸開，人群相擁大笑。他們總有慶祝的大事小事，我從旅館的窗口往空中望，你是否會如約乘機於今日飛來？這個我們倆都感到彆扭的內陸城市，是相見的好地方。

早晨你是否又哭過，聲嘶力竭，破壞身體地哭？我擔心你，怕一哭，會影響你乘班機的時間。你離這個城市並不遠，比我近許多。我在這兒等你，你會看見，我等你時，如何耗盡自己最後的生命。

生命對我還具有意義，是因為你的存在。你會笑話我的，因為你的年輕，雖然你早已不青春了。對我而言，你就是好年華。

知道嗎?我等了一夜,沒睡,等不到你。今天雨細得似有似無,像猛獸輕柔的尾毛。我覺得肚子餓,就到一樓早餐廳。那兒人並不多,可我還是掉頭走了出來,逕直走到大街上。在窄小的巷子裡,豆漿包子,像幾天未吃東西,我吃完一份,又要了一份。

這兒人說的語言我們不會懂,雖然字是相同的,他們臉上掛著笑容。我的位子靠著窗口,望著上早班的人匆匆忙忙的身影。我正在想這一刻,若是你在身旁,必然不一樣。就是這時,一個男人停在窗口,朝我看,他的相貌被大把鬍鬚遮住。我站了起來,走出去。他朝右邊小攤販走。新鮮的水果,煮熟的早點,人一多,雨衣和雨衣差別太小,我把他弄掉了。算了,一個陌生人。這麼一想,我就離開這有頂篷開滿小店的巷子。

莫非這個人是你,你早就到了?這個念頭嚇了我一跳。我從未給人說起過你,在我寫過的書裡,也避開。人老了,未了的事突然冒出來,妄想提醒我欠他們一本回憶錄,不許我頭腦裡只有你,不許我只有現在。

5

我們不是在馬路上相識的，也不是我的「公司」介紹的。那天我醉了，喝了許多酒，不知怎麼走的，就上了一輛出租車，對司機亂說了一個地名，殊不知真有這地方。下了車，按響一房門。只有狗應門。我退後時撞上路人，那就是你。

我真餓，我說。

我也餓，你低聲說。

我們弄來酒。淡淡的。上衛生間聲音不響，暖氣不夠熱。的確，枕頭不硬也不軟，客舍如家家如寄，絕對如此。

6

不算笨，聽出聲音了，是你。

我遞上去一把跳刀。

幹什麼呀？我得考驗一下你的愛情。怎麼著？看你能否為我殺人！殺誰？我想殺的人。

我把你帶到慶祝廣場，人擠著人，舉著棒瞅人的傢伙轉著圈兒。就他，我點了一下。你毫不猶豫伸出手，刀彈性很強，一點不含糊，對穿過脖頸。那傢伙立即蔫了氣倒在噴泉旁，一張紙那麼薄。你早就知道不是真人。

你聽我的，我得獎勵你。

別客氣，我只是為自己。既然幹成了，慶祝一下是應該的。上什麼地？海灘？海濱全是帳篷，整齊地排列。沒有聲音，靜寂得怪。人擦身而過，會閃出電火花。被摩擦過多少年！我笑了。

你把血手伸入沙子裡，搓擦，不一會，手上的西紅柿汁就變得非常乾淨。你仔細地看著帳篷，並未聽我說話。

## 7

我掃興地回到旅館，往總臺打電話詢問你到沒有？服務小姐好脾氣，說客人到了，自然會通知。我一手握電話，一手理纏成一團的電話線。或許你改變主意，不肯來見我。當然不排除交通出了毛病，即使上了飛機，也會遇上樂天的劫機犯。

得耐住性子，安下心，再等一天。你知道這個旅館，但未必知道，我登記的正式名字，和發表作品時的筆名稍稍不一樣。你是一個記者，你能猜想到這一點。

雙人床房間，你來不來住都一樣，我喜歡空間大。睡夢中可在床上翻來倒去，有折騰的餘地。我生下就是失眠者，就是入睡了，也夢不斷。床小，夢會墜落到地上。

## 8

有種的幹嘛停了？我睜開眼一看，荒茫一大片，有化學藥品味，垃圾，全是垃圾。這是有名的垃圾山，向海裡伸延，海鷗如一層彌天蓋地的灰霧，狂喜地亂飛，叫聲像開會的政客。水洼和石柱間的垃圾玻璃片居多，有意不讓人穿過？小孩禁止靠近，你說著，把刀還給我，卻又要了回去。

# 9

有一個名字和你相同的，但不是你。旅館搞錯了，我空歡喜一場。二天我體重上升二公斤。對到這種火候的人當然不是好事。可我不在乎，心裡想到就可和你見面，食欲就上來，我臉上的皺紋反而少了。

如今的青年不屑我們的生活方式，認為我們喜歡自我虐待。他們懂不了我們，我們也很難懂他們。他們不可能心裡裝著什麼主義。所有今天尚打著旗號的人，鬧騰著的人，屬於我們這一輩，抓了精神武器，有了友誼和組織，反能使飛快朝前的世界透出幾分寧靜——統統歸於我和你。

閉了電視，也閉了窗帘，房間漆黑。我著黑衣，走到門邊，過道有裝行李車的聲音，什麼人要離開？這是等待的旅館，等待能使人有超凡的耐心。過道的吊燈過於華麗，兩壁都是古典畫。高，寬，冷漠。我走出房間，一個女人正閃入一扇門裡，她看見我，或是聽到開門的聲音，就避開了。她可能就是你？

## 10

小時總想成立一個幫，像武俠。你說過，逢人打聽，哪裡有幫可加入，結果回回都險遭不測。臨海有這麼大的垃圾山，被警察忽略。早早準備條船，海上或許可有逃生之路。海不同於陸地，海流動讓人驚駭敬畏。你說著淚流下來，我害怕極了。

## 11

電話鈴聲響，我拿起來，沒人說話。放下電話，才發現聲音來自隔壁房間。這個不算差的旅館，隔音效果竟是如此？不對，分明是我自己產生了幻覺。幻覺裡，你在電話裡說另一個女人的故事：我們都讀過她的書，最後一本。記得也是在一個旅館，聽認識她的一個人說，她是在巴黎出車禍絕命的。

你怎會相信？你質問。接著你說起她的死，跟她小說裡預先寫好的一模一樣，她戀著的人離開她，去找了個男人。她竟然能使這個已離開的人回到巴黎，在她們住的寓所，重新與她相逢。

你插了一句：「我非常壓抑。」我在電話這邊點了下頭，聽你繼續說。

她就在當夜對她進行愛情，她使出勁鞭笞她，脫掉她的衣服。房裡家俱能運用上的都運用上了，搗毀性的對她表示她的感情。你知道你多髒，多爛。賤到給銀子也無人插上一插。好了，她使用的語言鮮艷發香，手不停，嘴不停，眼淚不停。你是想我再來，你要我的手、舌頭，你要我殘忍、暴力？見她求饒，下跪，她就去捉住她的乳房。一夜好短，她們度過好長，安眠藥使她睡了一刻來鐘。醒來，發現女友不在了，她衝出門，找她，商場、飯館、酒吧，附近街跑了個遍，絕望中知她一定直接去了機場。回到租的房間，坐下沒多久，又出門，到商店買了一把刀，西方的刀，長而尖。

房東被吵鬧一夜，曾敲門警告影響休息，也警告她打人犯法。她說已付房租，她們的事還輪不上收房租人的干涉。房東敲門，門不開，房東是個固執的人，用鑰匙打開門。

她死了嗎？我問。

還沒，正在用刀往心臟刺，最後一點力氣讓刀穿過背，床上到處是血。

你說得就像親眼所見的一樣。你問，你要不要這樣的死？

我不知道。

電話斷了。沒一會，電話又響了，你問：你並不高興剛才我與你談話。你知道，不放心才又來電話。

我說沒事。如果有事，是的，我有事，我在等你，你做過保證，無論發生什麼事都會來的，戰爭、地震、瘟疫等等都不會改變。實際上，如此說只是在安慰。我與人，不管是男是女，都不會朝性事上想。我還需要安慰嗎？是的，你需要。

你想表明，你不會使用刀，或是不肯使用刀？

我的秘密，我說不出口，身體沒問題，精神問題大到無邊無際。

# 12

你不肯露面，我只有到各種可能的地方去找，打發等你的枯燥。

地下室陳設一般，窗一半在外，以前洋鬼子留下的一幢樓房。我的身子一側，如紙片飄入。突然沒亮光，難道生人一到，就自動暗到看不清？在黑中靜待幾刻，漸漸識出方向。往梯子上走，腳輕，呼吸輕，一步一停。整幢房子無聲音，像預料的一樣。

但我感覺到，屋裡有人，在暗處小心地移動。幹嘛小心？心裡一咕噥，腳一踩空，我從樓梯滾下來。那人似乎在冷笑。那人應該是你？主意是你出的：查到長壽不死藥研究者地址，我和你分別行動。我摔得不重，靠牆站起，臉上出現一抹笑意。

待我出來，已離樓房遠，一片楓林似火，每扇窗都綠得發亮，都有個人腦袋擱在那裡。表象看出些兒古怪，但那兒不是我能進得去的地方，什麼人進去都會遭遇到同樣的情況。

這不是事實，那什麼是事實呢？取安眠藥片，往手裡倒了一把，看看，又往回倒了一些。喝了水吞下，我感覺心理正常到可以去睡覺了，就在地毯上坐著。等呵等，等到天已經發黑，我的眼睛還是睜著，人疲軟得只得倒下，蜷成一團。用仇恨對仇恨，或是以愛對愛？家鄉的老房子裡，我風塵僕僕推開門來到父親床前，看見病著的他，就笑了。父親對我笑，嘮嘮叨叨不斷。我握著他的手，心難過。當然是個夢。

在機場，就一錯再錯，撞上人，弄倒行李。至於上哪卻不清楚。假如注定是為了受罪，還不如不來到世上。我的長髮曾經長及膝蓋，坐下站著，像黑中的黑，光中的光。看著屏幕上變化的數字，每個城市每個班次都充滿玄機，尤其是在空中工作的人，應該是最幸福的人。在落地窗能瞧見兩三架飛機，塗著綠紅兩色，花非花，線條彎曲，纏了一圈圈。如眾鬼在狂歡，整宵不息。

夜晚在路上單身逛的人，腦子裡說有念頭也有念頭，說沒有也沒有。害怕是正常的。夜空閃著紅光的飛機，覺得它飛慢，飛低了，擦著街面房屋。這時，你走過來，把手搭在我肩上。

## 13

緊張了吧，當我告訴你，我這個早就金盆洗手擱筆的作家，會寫你。你臉在紅，使得你變了許多。一件藍衣袍，襯出你的腰身，自然很優雅大方。在那家最中國味又最西化的店裡買的，我知道，那家店衣服紅的那個紅，艷艷麗麗，叫人舒服透不出氣來。你喜歡藍，和我相似，卻愛向有紅的地方鑽，有意顯示我們要的效果，對不對？

有人在一旁窺視，是我神經有毛病，長沙發上坐著一男一女，女的怎麼長得像我？她的腿自然地放平在地毯上，黑絲絨布鞋也似乎是我的碼數。她抽著煙卷，臉朝向窗，沒有轉過來看身後斷斷續續上電梯的人。

莫非這個人就是你，你的記者職業病又犯了。你想從那些男人那裡知道我些什麼呢？難道你不明白你想要知道的，我都會告訴你。末路已近，我不會再隱瞞任何一個小小的秘密，這也是我渴望與你見面的原因之一。我不想在成為一把灰之前，不見你。當然嘍，我也知道，我們當中任何一個死亡，我們都會去參加對方的葬禮。如果你我沒有葬禮，你我也會以自己獨特的方式與對方告別。從我們開始知道對方的名字開始，從我們閱讀對方的第一封信開始，我們就浸入了對方。

但你拋開我，掩藏真面目，未免太有點超俗了吧。你早就到了旅館，甚至比我還早，你喜歡演戲，從來都認為生活太乏味。得有刺激，難道你見我就必須如此？

沒有約在機場，是我們的明智。機場大如海洋，人一進去，就像一個透明的蝦消失了。機場的播音恐怖，總在提醒人離去已是時辰。旅館是不是另一個機場？當然，如果能直接從那裡起飛。有點兒道理。那你為什麼還不肯露面，有意捉弄我這麼個傻心人。

為什麼我軟弱、膽怯，竟不敢走過去？走過去容易，太容易就會瘋狂。我一直不是瘋狂的麼？我進電梯，在門關上的一刻，看見沙發上兩人只是在抽煙，並未在交談。可能一人向另一個借個火，是我多心了。

## 14

打開大紙盒，從未見過這麼鮮的禮物。紫紅的旗袍，絲綢面上梅花、蘭草，銀閃閃，弄得我眼淚不乾。當然是你了，打開房門拿過盒子，我就這麼想。我永遠不會告訴你，我怎麼感激你。

打量這件十一二世紀前一個定會被人愛著的女人的衣服。頭髮得用心梳，鞋更講究，走動時目光得柔情脈脈，坐下時，腰自然得挺直。一定得戴首飾，嘴唇胭脂得亮麗。這就是你要我成為的形象?穿成這樣，去討飯，準行。你的話讓我笑起來。我將假髮拿出，對鏡梳了一個辮子，瀏海剪得齊整。你問，就那個樣兒願和我一起站在大街上乞求?乞求什麼?不用你說，我就知道，小時你父母總在進行戰爭，你躲在一邊。你受傷的眼睛，你發抖小小的手，臉總不肯朝父母吵鬧的地方。門前門後的桃花，只要你經過，總細心地飄灑在你的身上，而你從不用手去摘去它們，你讓它們自己自然離開。我要去哪兒?你對自己說。出遠門，一定離桃花遠到聞不到它的香氣。可我穿上這件隔了遙遠距離和時間的衣服，桃花的香氣襲裹全身。

我在椅子上轉了個身。房間裡的窗全敞開，門外的腳步聲很頻繁，彷彿一下增加了許多旅客。你當然早已在這個旅館，不用懷疑。每層樓都有防火門，也有樓梯。透過玻璃可以看到噴泉花園，什麼樹似乎都有，什麼花似乎都有，沒你，就只會有桃花。我的理解對不?

我的臉上一旦有了足夠的色彩，心中的傷痛就在漸漸減緩。每個人都患了憂慮症，有人想否認，也沒辦法，這就是事實。每個人都在逃避世紀末的恐慌，每個人都只得將秘密隱藏心裡，不願向任何人講述。誰也信不得，誰也救不了誰。你開的車，為什麼越來越快，對我坦白，那一刻你在想什麼？

就在這時，在我服了重型安眠藥記憶混亂時，一個穿同樣色彩旗袍的人，推門走進房間。

## 15

這個女人滅了燈，在黑暗中對我說：那條河不可能乘船渡過，記住；那個男人不能碰，記住。若記住了，就得沿河岸走，找橋。醒來，我發現自己的臉變了，所有能證明原先那個人的東西全不翼而飛。木筏十來個，橫在河上，沒有人，靜靜的，河水淌著的聲音極響。跨過河，便不是城市。

我能對這個女人說什麼？黑暗很好——唯一她給我帶來的感覺。她身上那件旗袍讓我感到恐怕這個城市某個場所，女人都在這時穿著同樣的衣服。她自然不會是你，不過是一個仿製了你趣味的女人，在討我好，想取得我信任。

「想那個不守信用的東西做啥？她來不來，都和別人在一起，她對你沒那麼重要，重要性是你製造出來的。這兒沒有的，其他地方也不會有，在其他地方失去的，在這兒也不會得到。」

我沒有聽她說，我覺得自己站在更加漆黑的門廊外，一個家庭在屋裡，溫馨，圍在一個圓桌喝茶吃糕點。其中一人站起，到門邊來。我想閃躲，卻聽見他們說：都想看看你，想你不好意思就沒請你進來。他們在說我，你拉拉我的手：隨你，別猶豫。

我朝門外小路上走，這是一家奇怪的人，是我未見過的，和我的家人不一樣，太不一樣了。我們家女孩從來不讓上桌，女孩低人一等，生下就知道這點。

我盲目地走著，汗沁出皮膚。正是路邊一家工廠公共浴室快關門時間。我想也不想就進去。巨大的興奮，前所未有，你的聲音歡樂極了。你要和我一起享用。你知道我和一個並不熟悉的人有點困難，你找了那種東西，可能可能。用之才知苦，苦後才知妙，苦妙才上癮。一靠近水龍頭，溫熱的水自動流出，我呆呆地站在已無一人空曠的浴室。衣服被水一濕透，貼著皮膚，變得又厚又重。

你和一個男人的嘻笑聲響起，我清醒過來，朝牆邊退。我改變了主意，離開這二個尾隨而至的人，他們赤裸著身體，在滑溜水氣蒸騰的地上翻滾，白晃晃一片肉。

# 16

好吧，你的話有道理，我竟會對那個女人這樣說。你會傷心，會感覺到我的傷心麼？是的，我要你感覺到這一點。我輕易地到了她身旁，她抱住了我。呵，真好，真好，她重複地說。

你看見，我的臉一直笑著，直到這個女人離開，也沒有改變。燈似乎是由於電源出了問題，按了好幾下，也不行。摸黑沖了個淋浴，周身又只是自己一個人的氣味，在床頭坐著。燈亮了，就是枕邊的一盞。一個塑料球在燈光下安靜地對著我。

我們的時代已變，你和我的約會，選擇哪一個城市見面，已經無關傾心於哪裡的當權者？完全可能剛才那個女人就是你，你讓我以背叛你的方式，使我或你心滿意足？背叛的意味每個人都該嘗一嘗，否則怎麼平衡我們空虛的精神？

有人在敲門，從孔裡看，一個男人正捧著一大束鮮花。我走了回來，手裡玩味著塑料球，我往敞開的窗子拋了出去。敲門聲在響，我由著這聲音響。雨嘩啦下起來，街上幾分鐘後，變得從未有過的寂靜。你穿著白長袍，赤著腳，慢慢走出陰暗的屋檐，也可能從我住的這家旅館走出，在出租車小車公共汽車間穿越，死亡離你只一秒間，你一點也不在乎。街上所有的樹都開出了桃花，粉白粉紅，一路跟著你，你朝我的方向望了望，一張臉全是雨水。我哪裡認得出你？我只看見一個女人的身後是一個上了重鎖的囚室，她一直待在那裡，身上發出光，囚室透明如白日，而整個城市晝夜陷入黑暗。

雨水將長久持續，彷彿是為了沖洗我留在這個城市的所有痕跡。我正幾萬里又幾萬里地離開那房間。

# 近乎惱怒的透明

進房間後，她覺得口渴，接了一杯自來水，喝一口立即吐出來，水有股腥味。從機場乘出租，來海濱的途中，經過不止三個墓區，大都是四十多年前這個小島上一仗戰爭的死難者，當然只是勝利的死者才有墓地。她在想像被炮彈炸得一段段的胳膊身軀，但她想像不出那些臉毀壞的樣子。她把門窗打開，朝海的房間，風景不錯，只看得見一些熱帶植物，仙人掌茁壯肥大，三層樓高的陽臺外，一個嫩嫩的花苞，太陽曬著的一面是紅的。她探出身試了試，夠不著。

許多年來第一次放開一切，「休假」，她看見門背後鏡子裡的自己：頭髮還不算太蓬亂，白衣白褲，眼睛很放鬆。心想今日就在附近轉轉，買些食品。以後幾天，中飯在外面吃，早晚飯自己做。女友的別墅，說空著，要她來住。

街卵石鋪得靈巧，被雨水洗得乾乾淨淨，坡度卻大，停泊的車輛只得在路沿上縮著。商店門小，櫥窗也小，旅遊紀念品，幾乎家家相似，看二家就沒什麼興趣了。她坐在海邊長椅上，遊船舢板在動，海水藍，深藍，天也藍，淡藍；房子洋的有洋味，土的有土味，但都和附近的峭岩一樣被陽光漂白。走過她面前的大多是遊客，本地人偶爾也有，他們膚色深濃，方言混濁拖拉，倒像是外地人。海灘不寬，躺滿肉條兒，男女成雙，一家成堆，一人逛來逛去的遊客，怕就她一個。想到這裡，她反而有點自豪：單身貴族，其樂何如？

靠近別墅的街，亮光稀少，路燈時有時無。貓在無人的街上狂叫，黑暗中潛行的雲壓得極低。一瞬間，蓋住所有的房子的形狀。她的腳步聲，回聲突然傳得老遠。

桃汁香，紙盒不大，但倒三四杯不成問題，價格比她住的內地大城市低多了。但是黃瓜蔫蔫的，小白菜泥多。小島不像能自給自足蔬菜，據說從前產棉花，現在種土豆。她笑笑，乾脆生產石頭罷了。遍地白石，層層齊整，採石場一定靠海或山。春天的花在其他地方早滅了任何希望，可是在這兒，花週年不謝，艷麗紅火，跟她一度擁有的臉有點相似。認識她的人說，她是看不得的，一看不會讓人轉眼。那是從前，歲月跑得比月食還快，這不能怪她。

現在更顯出魅力。多年不見的女友，巧遇她時說。就為這話，她接受了「發了」的舊友的好意，住進她的這套別墅。

女友真周到，已經請管房人買了食品裝在冰箱裡。凍格裡可能是什麼海鮮，有股海腥味，下面有水果蔬菜。不管怎麼說，有人對自己周到，總是好事。

她坐上觀海底自然景物的遊船，怕是衝著招客的船老闆來的。這個男人皮膚黝黑，制服花裡胡哨卻筆挺，男子漢氣十足。

太陽光溫暖地照在身上，但海風冷冷的。還未到下底艙的時候，船順著海灣行駛，速度極慢。左岸一塊不小的岩石，刻著一些字，她仔細辨認，竟認出是在此跳海自殺者的名字。不像其他岩石，題的字冠冕堂皇，古香古色，做作得很。她從化妝小袋裡拿出鏡子，對著鏡子，修口紅。在餐館吃午飯時，未能上洗手間。嘴不能紅如豬血，也不能紫如死灰，她喜歡自己的唇膏帶點亮粉，柔和自然，保持濕潤的紋線。這種口紅在她居住的城市只有一家商店才能買到。

她，剛成為獨身主義者，來旅遊並不是追求艷遇，不過，也不是為修行。艙裡響起音樂，沒一會兒，音樂輕了，駕駛室裡船老闆打著本地官話導遊講解，說對岸是尼姑廟。想到修行就見到尼姑廟，見鬼！她在心裡罵道。船前駛一分鐘後，峭崖上的尼姑廟、古樹、緊閉的門更清晰了，其他遊客紛紛湧往底艙，她也沒發覺。

等回過神下到底艙，已沒靠玻璃窗的位子，她只好坐在樓梯上。水泡銀閃閃在船底游動，光線一束束從水面射下來，水起伏的快樂，就是她曾有過的快樂。觀海底自然景致，純屬一時興起。但此刻，她掏出照相機，是愉快的。

手掌大的魚，一群群視若無人地游著。白沙石間的海藻一片又一片，船經過，就不斷搖動，蕩得水興奮不安。又輕又柔，像人的擁抱。想被擁抱？不，已經失去，所以不必當真。不當真，才可以正常地引著比喻，不帶酸酸的浪漫勁。礁石幾乎劃破船底，特殊加工沒在水下的玻璃艙，底面一定鋪了厚橡皮，不然早撞得船沈人亡。魚越來越密，越來越黑，在水裡游得自由，好像精子，游在水道裡。這個比喻一點沒猥褻的意味。

她站起來，打開閃光燈，拍一張精子群行情景，不拍毫無意識的礁石。她舉起鏡頭，眼睛盯住玻璃窗，連續按下快門。突然，鏡頭中出現一條大章魚，朝她的臉猛衝而來，啪地一下八個吸盤同時扣在她臉前的玻璃上。她嚇得大叫一聲：「章魚！」

當她醒過神來，和眾人一起看玻璃時，那裡什麼也沒有。小小的黑魚優雅地集體轉了個身。「這一帶從沒有過章魚，神經病。」船老闆不高興地說。剛才艙裡遊客因為她一叫，一起擁向她站的右邊，船被猛扭了一下，好不容易擺穩。船老闆趕緊叫遊客各自回原位置坐定。

她火了，「你憑什麼出言不遜，明明就是章魚。」

「不要大驚小怪。」船老闆口氣不狠了，像要息事寧人，繼續做他的生意。

她比受責怪更惱火：「明明是一條大章魚。你不能罵人。」

「嗨，」船老闆也不客氣了。「這麼近海有章魚，我就開漁行，不賺這辛苦錢了。」

一位當官模樣的遊客站出來斷理：「她說拍了照片？那就見照片吧，問題簡單，一清二楚。」這一說，她才發現自己冒的火實在沒必要。她不想打這賭，但船老闆得意洋洋地說：「我他媽的此地生此地長，海裡山頭爛熟。你的乘船費膠卷沖洗費我全付了，怎麼樣？」他的態度變友好了，繼續興高采烈作導遊介紹。她想了一下，就轉回膠卷，下船時遞給了船老闆。

快沖一小時，她逛了一小時商店，錶盯得極準，回來看印出的照片。果然有一張：紫黑的海水裡有個飄浮物，樣子像章魚，只不過是透明的，看不出是什麼東西，也可以說是礁石上的花斑。船老闆不認帳了：螺旋槳打起的浪花加上玻璃上的麻點，照片模模糊糊，什麼也不能證明。照相館的沖印師傅更氣人，說她的膠卷有問題，讓她買這兒產的膠卷。兩個男人相視而笑，臉都變得尖尖的。

「遊客扔的東西太多，什麼塑料袋兒的。」

「旅遊污染。」

「可能是保險套吧？」

兩個男人來勁，說得不像話了！她扔下錢趕快走。無聊之事被她弄得更無聊。遊船照常每小時開出海灣。她坐在售票處不遠的長椅上，氣生夠了，覺得有些涼，便往山上走。門窗上的鐵框式樣都不一樣，黑色多綠色稀少。網狀密集的巷子人影增加，跟在她身後。前面左右的石坡沒一個人，她停在迂迴的梯子邊，克制不住對自己的怒火。看什麼海底自然風光？看出一場吵架！生平最煩的就是吵架，卻總是逢架必吵，未勝先退。兩輛摩托急駛而來，打著轉，突然停在她二步遠的地方，罩著頭盔穿黑皮衣的傢伙很像那個遊船老闆。

肚子餓，頭有點痛。太陽已退入海裡，身上的衣服顯然不夠，得加件毛衣才對。怎麼忘了吃晚飯？受氣後，她就會暈頭轉向。

回到別墅，她鬆了口氣。海上沒有星光，月亮沒精打彩地在雲間立著。陽臺旁的仙人掌模糊一團，不過車輛比白天多，有的車還能怪叫，對講機在響：有人不會使用電爐加烤箱，有人熱水器沒熱水，問題，全是問題。總之，這兒夜裡比白天喧嘩。

她泡了杯茶，走到陽臺上。朝墨黑的夜海注視許久，心情才靜下來。然後退進房間，閂上落地窗，拉好窗帘。睡眠襲來，她打了兩個呵欠，躺到床上。

貓為什麼會溜進房間裡，從床上躍到廚房？她突然驚醒了，發現房門大開，走廊燈光錚亮，瀉入房間。她下床，去關房門，才發現房門是好好關著的。敞開著的是冰箱門，冰箱燈光照得房間一股腥味——冰箱門前地板上坐著章魚，一條章魚！圓頭圓腦上黑眼珠溜轉，她走到哪裡盯到哪裡。

她的手猛地蓋住自己的嘴，倒抽一口涼氣，雙腿幾乎站不住，摸到電燈開關。坐到椅子上仔細揉眼睛，再睜開眼看，才發現是冰箱裡凍著的章魚掉在地板上，化凍了，攤開八肢，圓頭萎萎蔫蔫，只有腥水在流淌。

# 饞

寡婦汪二媽正在洗碗，眼偷偷斜過去，看到灶前的李嬸把雞湯盛入碗裡，斬成塊的烏皮雞，周圍漂了一層黃津津的油，還有幾片當歸露在湯中。李嬸蓋上沙罐蓋子，她剛剛邁出廚房的門坎，就有人輕輕罵了一句，「裝啥子蒜囉，成天關到屋裡頭，也不曉得做啥子事？」

「啥子事？和尚做道事，嘻嘻，貓兒狗兒做的事嘛！」婆娘們一陣鬨堂大笑。

汪二媽聽不慣這些髒話，臉有點發紅。她取下圍裙，掛在碗櫃旁的鐵釘上，回了自己房間。木板牆那邊李嬸故意人聲嚷，「怪糟糟的，每回燉湯，不是雞腿不在了就是湯淡稀稀的，遇到起了呢，好吃狗還說，『糊了喲，我幫你和一和。』怪像！那天弄的鴿子枸杞，煮了半天，鍋裡只有丁兒湯。氣死人了……」

汪二媽鼻子裡哼了一聲，你龜兒念啥子經，你男人有力氣，找得到幾個錢，都花在吃魚吃肉上了，顯啥子相。她看不慣李嬸，特別是李嬸背地裡指桑罵槐的刁婦樣子。大廚房裡煤灶就是八個，還不算兩個公用柴灶，煤球、柴火、油鹽醬醋丟失是常事，有什麼辦法呢，共一個灶神菩薩嘛。她靠撫恤金過日子，不要說吃魚吃雞，吃點肉她也只往兒子碗裡挾。

汪二媽一看時間二點了，忙叫在堂屋下軍棋的兩個兒子去上學。他們走了之後，她去廚房端了一盆水，她有一種被人盯著的感覺，這使她極不舒服，鞋也未脫就翻身上了床，她想打個盹。她扯了件衣服蓋在胸前，便迷迷糊糊睡覺了。

「要得。早點去早點回來，別忘了買個蛋糕，孝敬孝敬。」像是李嬸男人在說。

汪二媽睜開眼睛，李嬸穿了件印花布衫，頭髮梳得光光滑滑的，一扭一扭地從她門前經過，看來是給老娘拜壽去了。「生不出娃兒的婆娘，腰就是細。」她揉了揉眼睛，想到老大老二快放學了，起身準備晚飯。

不知過了做飯時間還是太早，廚房裡冷冷清清的，汪二媽嫌光線太暗，便拉亮了電燈。她將米淘了，蒸上，然後坐在矮凳上理藤菜，肚子咕咕叫起來。從她身後飄來雞湯的香味，她嚥了嚥清口水，終於拿起一個碗、勺，朝微火燉著的雞湯走去。

湯實在太燙，汪二媽吹了吹，喝了一小口，雞湯有股奇怪的香味，她美美地舒了一口氣，卻聽見身後有個聲音在說，「喝得好，喝得好」，她轉過身，卻是李嬸男人。她嚇得幾乎嗆住，他卻神情溫和極了，「像你這麼好看的女人才配喝」，汪二媽臉不再紅了，李嬸男人長得魁梧，脾氣好，從未見他打罵老婆，與院裡其他男人是有些不同。

汪二媽搞不清楚自己怎麼坐在了李嬸家的桌子前。「隨便點，菜吃不完，倒了可惜。」李嬸男人不停地說。

桌上除了一大碗雞湯，還有許多菜，她不安地坐在那兒，碗裡是李嬸男人給她挾的一對鵪鶉蛋，亮晶晶，香噴噴，辣透了心。一口酒下肚，人便活些了，周身漸漸熱了，燙了。「女人吃了鵪鶉蛋就不一樣！」李嬸男人柔和的目光在她看來像汪二他爸，但她想躲開，可周身的火包裹著，她動不了。

關好門，汪二媽在洗臉架前慢吞吞地洗臉、漱口。隔壁房間裡傳來李嬸陣陣笑聲。汪二媽回過頭看了一眼兩個熟睡的兒子，心想，像自己這樣的女人，還是守著自己鍋裡的好。她脫下鞋，一雙腳伸進盆裡，水卻早已涼了。

# 髒手指・瓶蓋子

他們有意閉上眼睛，讓我找不到。

## 封門

他從母親那兒來。他說：你家正把你的名字從族譜中刪掉。他反應極快一把扶住欲倒的掃帚，將搭在掃帚上面的舊藍衫提起來扔在籬笆上。

「說下去，別支支吾吾！」我看著橡皮糖在他舌頭下翻來炒去，口水流到他的唇邊。

「你家另開了一個門，鬼就不會再找到路。」

「鬼？誰？」

他不搭理我，接著說：「堵死原先的門，那天請了一大幫做活的人，我幾次從牆外經過，你家喧喧吵吵的，直到半夜。」

我打斷他，讓他把手中的掃帚放好。他把嘴裡那塊橡皮糖在手裡捏著，一個人形攤在手心，白晃晃的，轉眼迭了起來。「像一個球。唔，像一個腦袋。」我說這句話時，他手抖了，甩了幾下手，但那白球黏著他的手心。

我走了過去，彎下身子，俯視臺階下的他，足足有一分鐘。然後我伸出手，抓住他，將白腦袋輕輕拈了起來，貼在籬笆上。拍了拍手，頭一偏，示意他跟我走。

長臉，額頭低平，稀疏的頭髮露出禿頂。櫃檯前的鏡子下角，刻著猩紅色的花瓣，我從晃動的人群中看了一眼緊跟在身邊的他。刺耳的沙啞聲從樂器中奔出，每個人眼裡都窩著火藥，在等候爆炸。酒杯歪著斜著，亂扔在窗臺、地毯、桌子、屁股底下、腳底下，碎裂聲總響在旋律的點子上。

穿過人群，上了樓梯，喧鬧聲漸漸淡了下去。

房間的窗子遮嚴，但從窗帘的縫中，可窺見煙囪、高壓線。翠綠的樹木卻好像窗帘上畫著的景色。我進了房內的廁所，沖掉馬桶裡的髒物，扣好褲子，打開門。他楞在門旁，手足無措，惶惶然，跟剛才說話時那副派頭截然兩樣。

我取出化妝盒，一邊抹口紅，一邊叫他坐下。

「坐哪兒？」他問。房間裡沒有椅子，只有一張床。

我指著舊報紙雜誌堆得高高的一處，讓他坐下。他屁股小心地落下，雙手按在紙上，怕翻倒。我笑了起來。

「笑什麼？」他抬頭望我，一臉憤怒。

我將化妝盒放回包裡。「我不是無家可歸了嗎？你還那麼小心幹什麼？就當街上揀來的一個婊子不成了？」

他顛三倒四地說，他沒想到，完全不是這麼一回事。他又說，「我以為你離開這兒，遠走高飛了。」

「遠走高飛？」我重複了一句，「當然，當然。」我說，世人都神經兮兮，你也如此，我也如此，我蹲下。鳥鳴狗吠，豬的呼嚕羊的叫喚，其中我還聽到人的哭泣。他雙肩抽搐，頭埋在膝蓋裡。我停住了。我感到夜晚來臨太早，六點剛過，天就暗下來。窗帘已經沒有縫隙，房間一團漆黑。我沒有拉亮燈，而是推他上了床。抱著他，我喃喃地說：別哭了，怪可憐的。是呀，今夜，誰來解救你呢？

# 鳥籠

我有意拋開自己，使她出現。

她每次都是端著酒杯出現。那酒杯裡裝著從水管裡接來的冷水。她說，錯了，是酒，不過是這個城市裡銷售最便宜的酒。劣質酒，其實味道最好。她邊說邊捏著自己的脖子，讓擠進脖子的酒倒流嘴裡，然後一口吞下肚子。

家人在門外慌亂地動著。她放下酒杯，靠在方桌上，沒有看門口的一個個人影，她似乎是在傾聽幾里之外的聲音。她的頭偏倒在桌面上，頭髮遮住一臉紅紅的焰火，嘴唇出奇的寬，西洋式的漂亮，但已被酒精燒得乾裂，她的手伸向酒瓶，卻未能抓住。她輕輕哼了一聲。

門拉開了，一個人影閃了進來，敲了敲木板牆。她動了一下。那人影退了出去。

她站了起來，踉蹌了一下，但她站穩了。這是為什麼，我從來都希望有人送我一個禮物，但是沒有人送我任何東西：一根針、一根火柴、一片落葉也行。針可刺入任何洞穴，並縫住這種那種痕跡。火柴能燒毀一切，落葉不會提醒你犯過的錯誤。流浪的自由，溫暖的家，兩者不可兼得，即使兼得，也不可能永久。

她雙手摩擦滾燙的臉頰，亂髮甩在腦後，將椅子上的幾本書翻了翻，毫不猶豫地扔向窗口。哦，原來淡黃色的陽光只是燈光的假相，書被窗框擋了回來，叭嗒一下掉在地上。那隻鳥在她的記憶中也是這樣從籠裡飛快地竄出，向著牠當做陽光的地方竄過去，卻撞在玻璃上，留下一灘血。何必呢？籠子精巧、寬敞，而且安全，可以日復一日，年復一年地呼吸，有玉米渣、碎豆子供著，新鮮的水不斷。她拾起從書裡露出小半截的一張照片。黑白照片邊上發黃，人影有些模糊。一個女孩，瘦瘦的脖子，奇大的眼睛睜得滾圓。女孩怕什麼呢？是身後的風車，轉動著小紅旗？不錯，那天是哥哥打開鳥籠，他把鳥捉住，一隻灰頭、黑羽毛的小鳥，塞進籠子。用被子蓋住捂緊。然後突然打開鳥籠。

父親從門外長長的石階上走下來，他把手指往石牆上敲了敲，手指上滿是煙垢。她想咳嗽，但是忍住了。父親一身是水。她這才發現正下著雨，她看不清被雨水包裹的父親。他說，你這就坐船離開？

她覺得口乾渴，雨斜打著她。乘輪渡過江和坐公共汽車過橋其實都是一回事。有人遞給她一個斗笠。她拿在手中，沒有對父親說一句話便往雨的深處跑去。父親擔著她的行李，她跑得更快了。雨越下越大。衣服緊緊貼著她的皮膚，冰涼的雨水流遍了她的身體。她喊：父親。但雨聲蓋住了她的聲音，她絕望地靠著長滿青苔的石頭，石縫爬著蝸牛、螞蟥、蚯蚓。雨水沖淨了骯髒的路面。她伸開雙手，斗笠掉在地上。她猛地轉過身，父親光著膀子，就穿了件褲襖站在她面前。她拾起雨中的斗笠蓋在他的頭上。斗笠從父親頭上飄過，滑過她，掉在地上，她吃驚地張著嘴看著斗笠在雨水裡一寸寸滾動離開。

她靠住石頭背後，一叢叢杜鵑在盛開。她必須乘輪船過江。想叫「父親」，但她忍住了，血從她咬破的嘴唇流了出來，鹹酸的怪味使她只好雙手抱緊自己。她看清了，除了自己的行李，整個碼頭本來就沒有一個人。

# 貓之夜

這是不幸。我反覆對自己說。其實我並不清楚有什麼不幸。住在這間租來的公寓已經半月之久，我試著弄清在住進這個公寓之前，我在哪裡，幹了些什麼？蜘蛛蘭、蝴蝶花怒放在每一個角落，染上花粉熱的人們躺在床上，昏沈沈地做夢，一個世界一個樣。

一隻碩大的雄蜂扎傷了我的手指頭，血沁出不少，使我免受各種花香的引誘。我沿著堆放木條的小道來來回回搬貨查貨。貨棧裡木柴東一處西一處毫無章法橫豎擺放，四周隔著鐵片拼成的矮牆，不整齊的鐵片上塗著顏料，看不出是畫是字，但充分顯示一個天才之所以成為天才的道理。跨過牆，是寬大的馬路。馬路左端有一個三岔路，中間的花壇上纏繞著一簇簇鮮紅的玫瑰，在汽車偶爾經過時不免激動地叫起來。

我感到那種激動飛快地移向我的全身，我往回路走。

一家劇院亮著燈，那個劇目熟悉已久。似乎劇早已開場，門口已沒有人看守，門廳空蕩蕩的，我走了進去。

拉開幕的舞臺，一隻貓跳下，竄入觀眾席中。

歌聲在突然熄滅的劇場裡飄來蕩去。我的耳朵嗡嗡作響，我按住被雄蜂螫傷的指頭，將交叉的雙腿平放。臺上漫飛著雪花，一隊隊遊蕩的男女嘴裡唱出傷心的歌，輕而易舉地瞄準了樓上倒數一排的我，燈光打在倒數一排上，幕垂下。

重新拉開幕，一個警察對一個裹著頭巾的駝背說，貓失蹤了，你是最大的嫌疑犯。請說你什麼時間進餐館？什麼時候去地鐵？在餐館和地鐵這段路上你花了多少時間？

那駝背從舞臺右端退到前臺，轉過臉。她的臉皺紋交錯，像一張網罩在那兒，但那雙眼睛清澈透亮。她的手放在胸前，彷彿陷入和警察毫不相干的回憶之中。幕後，一個年輕的女聲在唱一支高昂激越的歌。

警察說，你無權保持沈默，必須回答我的問題。「法律。」他吼道。

就在這時，我感到一個東西捂住了我的嘴唇，同時我的脖子被揉搓著，使我無法動彈。像一陣風那麼快，那強有力的東西移開了，但在旋即離去的那一刻，卻被我握在手中。我驀地從座位站起，一邊對聚精會神看戲的人道「對不起」，一邊走向過道。推開安全門之後，我鬆開了手裡的東西。我不知道這東西自己跟了上來下了樓梯，來到門廳裡。歌聲一下消失了，門廳仍空無一人，甚至洗手間裡也沒有抽煙的人。

拉開劇院的玻璃門，我將衣領豎起，擋住迎面吹來的習習寒風。一隻貓直立著身體，在我身後幾米遠的馬路人行道上篤篤篤地走著。

寂靜的夜裡似乎只有劇院亮著強烈的燈光。跨過馬路，我繞開停在路邊的一輛白色跑車，手無意觸及到車上的水珠，冷不丁，我一下全聽懂了剛才劇中那首高昂激越的歌：我們倆必須回到昨天，否則他們活不過今夜。

除非。

除非。有聲音在催促。

那流利的歌聲在舒緩的大提琴、小提琴、鋼琴合奏中停頓了下來。一句道白：除非他們今夜會遇在一起。

身後那隻貓加快了步伐，跟在我的屁股後面，一步不離。我仍旋入剛才劇情的玄機之中，目的地在陷落，每個人都在劫難逃。我在公墓門前的十字架前停了下來，教堂的鐘聲使我回頭望去：劇院尖尖的屋頂在夜色中只留下一個三角形框子。當時他正是從劇院的窗口探頭叫我別那麼快離去，他指著窗外的防火梯，是讓我爬上去還是他爬下來？我沒有理睬他。倒沒有原因。如果有，就是我下意識地感到他鼻子太平，他褲襠裡的玩意兒肯定一寸小。

我摸到門邊的暗鈕，燈亮了。貓遮住了臉，「關掉！」牠簡短地說。

我按了一下暗鈕，燈熄了。貓逕直朝窗旁的桌子走去，牠拿起火柴，點燃燭臺上的蠟燭。燭火使房間換了一種氣氛，一種我形容不出來的氣氛。我聽見貓在說，「這多有情調。」我吃了一驚。

門忽然打開，我打著呵欠去關門。門關了兩下才關死。一個人拱著身體站在那兒。我上眼皮緊黏下眼皮，費勁睜開，才看清是幾件衣服和幾頂帽子掛在門側鉤子上。我意識到，那隻貓在打量我，果然牠說，你的背影真美。

我回過身，看見那隻貓坐在我的椅子上，手裡玩著我掛在牆上的一個人面石膏像。

從貓的手中我拿過石膏像，重新掛在牆上。我發現這隻貓奇大，渾身毛髮油黑發亮，爪子尖長，那雙藍眼銳利地轉個不停。牠看了我一眼，卻充滿了柔情。

來杯酒？我的聲音細啞。

那黑貓蜷縮在椅子裡，搖著尾巴。牠不置可否的態度使我覺得有意思。我給自己倒了半杯Port葡萄酒，剛遞到嘴邊，那隻貓跳到我跟前，接過杯子，一口喝下去。晃了晃腦袋，似乎覺得酒不錯。牠把杯子遞給我。一點沒看錯，貓把爪子放在站立的雙腿間，來回摩擦。「刷」的一下，像拉鏈撕開的聲音。我一動不動：貓在大腿間那個地方往上拉開一條縫，像剝皮一樣，一個男人從裡掙脫出來。那張貓皮被他扔在椅子上。

洗澡間的水在嘩嘩地響。我躺在床上，已準備好迎接這個男人進入的全部工作。不一會，洗澡間的門打開了，從裡面走出一個應該承認是無可挑剔的裸體男人，特別是那玩意，該算我至今見過的第一。

他對著鏡子重新套上貓皮，僅僅露出那玩意，他說，這樣特別舒服。

我在床上翻了一個身，故意以背對著他，一邊聽著腳步聲在房間裡響著，逼近我，那輕輕的腳步聲，彷彿一支纏綣情深的曲子，我深深地吸了一口氣。燭火一閃一閃映出牆上白色的石膏面具、傢俱、吊在屋中央未點亮的燈。椅子吱吱嘎嘎響起來。那隻黑貓，不，那個套著貓皮的男人自己對自己幹了起來。我從床上坐了起來：他那瘋狂的動作震得整幢房子簌簌發顫，搖晃不已。

## 花信

「這一片搖曳在風中的罌粟不是獻給戰死的人，而是獻給你。」

「你不用說了。」

「你從坡下面的溪流邊的小路一邊向上爬，一邊張望。是的，你會看見我和她。」

我和他已經躺了整整一天。她來了。他讓她躺在自己的右側。她盯著我看，她只可能看到我的一個側面，我和她之間隔著他。

她注意到我的目光在爐子邊的木柴上游離，便也將目光掃向那兒。我與她都意外：如此見面。

他一手護著她，一手護著我，忙不過來。我過了很久才看出她是大肚子。他緊張？一點也不。他看著書，沒有感到我早站了起來，機械地走在幾間房裡，端菜，擺碗筷。她在那兒，不停地捂住肚子，她很警惕我，這不用說。他手裡的書在一頁頁翻動，他的眼睛盯在那兒，什麼都看不到。

「他就是你在江邊起霧時遇到的那個男人。」

「對。我抽煙越來越厲害，你抽嗎？」

「不。謝謝。戒了好多年。當我躺在他的懷裡時，你知道我怎麼想你？」

「怎麼想？」

「我每天起床為他做早飯，認為站在江邊的那個女人是我。哦，說真的，在那一刻，我恨不得殺了你。」

警察，不，小偷，一個正在潛逃的罪犯。罌粟花已經謝盡。我的視線集中在涓涓流淌的溪水上。

他把發呆的她一把推到落地大窗前。她的衣服一件件掉在地上。他展覽她的大肚子。落地窗外正在修建樓房，所有的工人，以及街下打著唿哨的少年，三三兩兩的遊客、打扮古怪的崩克通通把目光投向她懷孕的裸體。他的眼睛並沒有看著她，而是轉過身來，看著我。

## 名片

清潔工一早就敲門。

我從鏡子裡看到自己精神奕奕，便露出牙齒，用手指上下擦了擦牙齒上的痕跡。用杯子接上水，喝了兩口，在嘴裡搗鼓一番，吐在盥洗槽裡。

清潔工不一會就走了。

我拉開窗帘。宿夜，進入一個完全不符合幻想的溫暖的房間，這感覺只有試過的人才知道是怎麼一回事。一間旅館，加上一個陌生男人。秘密的鎖等著尖銳的鑰匙左轉右轉，進入瞬間所占有的世界。我伸了一個懶腰，拿起電話。

飛機像地毯上的舞者一樣穿過粉紅色的晚霞航行。已經過了十個鐘頭，再有兩個小時，在晚霞全部撤走每一滴色彩時，飛機就該降落了。於是，我回到這杯淡淡的杜松子酒裡來，一邊搖晃晶瑩的冰塊，一邊祝願鄰座交好運。我接過鄰座遞上的名片，讀著上面的地址。好的，如此這般。我們會使彼此滿意的，我答應。

一張世界地圖鋪在地板上。我站在上面，先穿上褲衩，再穿乳罩，套上黑色絲襪，我戴上帽子，挑了件紅風衣。那個瘦弱的有著長脖子的女孩在說：我幻想有一個碩大的陽具把我填滿，把我撐起來。我把小小的安全套放進包裡時，她晃過我的腦海。我在地圖上原地打了個轉。這是個陽光隱匿雲層，雨水在別處施虐的正午，一個沒有匕首或手槍，也不需要衝動的時刻。如果能擦抹去我的名字，我多麼希望自己被人一分一釐一毫不差地吃掉，消失在另一個人的體內，把多年前的事重新發生一遍。記憶，僅存的記憶，幫幫我！

我把雙腿張開，等著。

電話鈴叫了。門也響。他們一如往常睜開眼睛。他們說。你必須快走，等的人太多。悠著點，一個個來。

「結果你從一個城市到另一個城市，最後選擇了這地方？」

「我去了磨房。」陰沈的市場，人稀稀落落。舊沙發、舊床、舊書、舊唱片攤在地上售賣。街中心有一個樂隊，正演奏一支嗖嗖響的曲子。灰鴿畫著混亂的線條飛過。那樂曲像咒語。我摸了摸口袋裡幾枚硬幣，它們狂跳著。我朝他站著的半朽爛的木橋轉過臉。

整個城市就剩下這條小溪乾淨。他聽了，吐了吐舌頭，說，你不覺得你自己骯髒惡濁，臭氣熏天嗎？

他一拳一拳捶著木欄杆，像捶著城市的心臟。那沈悶的聲音，使我暈頭轉向。

我承認我玩了把戲。不騙人，我的心一分鐘也得不到安寧。我朝橋頭旁的小路走了。

走出門，站在臺階上，我回過身與主人告別，發現街角一個人影閃過。與主人答過話道再見之後，我走進空空蕩蕩的街。「等等」，身後有聲音在叫。

我回過身，一個頭髮染成綠、紅兩色的男人站在一蓬蘆葦旁。我下意識地摸著項鍊上的十字，舉了起來。

那人輕笑兩聲，問，上你那兒，還是到我這兒？顯然他把我當做了那種女人。

他指指蘆葦遮住的一幢房子，「上我那兒吧，寶貝。」

我想了想，重新把十字舉了起來，對準他的額頭，他一下子不見了。

是誰在叫我的名字，聲音極輕。我感到自己翻了一個身，雙腿蜷成一團。

別慌。
我不慌。
別動。
我不動。
睡吧。
我睡。
我看見牆上那個白色石膏面具，歪倒在鏡子邊。

## 正反

沿街的人家，玻璃窗若明若暗映出房間裡的家俱、照片、花木，但沒有人。我的腳絆了一下，跚跚地踱進一個花園。所有的花朵在水銀燈下顯紫黑色。那些花朵應該是火紅的，像化妝盒裡被無意折斷的唇膏。

這天晚上，我又像童年時一樣盲目地在街上狂奔。橡樹在風中颼著熟悉的聲音。我一會兒閉上眼睛、一會兒睜開燃燒著求歡的眼睛。

那個酒吧間。哦，那個酒吧間。

電視機正播放著足球比賽，狂熱的吼聲未能壓倒喝酒的男女的喧鬧。

「來一杯杜松子酒！」我手撐櫃臺，對老闆說。

「小姐，是你！」

我的手收了回來。老闆看到我一臉驚訝，說，「小姐你怎麼忘了，那天我還請你喝了專為你調的雞尾酒。」

「你最先嫌這兒冷清，說你當侍者，決不會生意清淡如此。你邊說邊幹起來。你脫了全部衣服。只戴了頂帽子，穿了一件短裙。」

「有這事？」

「當然，」他一邊往杯子裡加冰塊，一邊說，「那天生意出奇的好。最後你僅僅在腿上紮了根繩子，夾顧客付的錢。你用陰唇銜住菜單，走來走去，讓顧客看。你的身體滿店堂飛。我看傻了。」

「夠了，你這個意淫家！」我敲了敲櫃臺打斷他滿眼放光的想像。但他描繪的那個下流又風情萬種的景象卻讓我心旌搖曳。我沒有憤怒，也沒有生氣。喝完了酒，我從皮包裡掏錢給他。

他不收。小姐，你不想再留一會？想喝什麼，隨你挑。

我說，謝謝你。

「肯定是你，那天晚上你全身只剩下這副鸚鵡耳墜！」

我說：「好吧！」我向他承認那天晚上我的確來過，但我來等一個人。剛坐到靠窗那個位子，我便聽到槍聲，打死了一個懷孕的女人。那晚你們這家酒店什麼生意都沒做。

他看了看我，突然埋下頭。我穿過鬧嚷的人群，在走進櫃臺後面推開內門的那一刻，揭下頭上的帽子，朝他揮了揮。

他瘦弱的身材，像女人一樣的披肩髮，清楚地透過來。我站在鏡子後面，他看不見我。他往身上抹油，很仔細，不放過任何一個拐彎處或隱蔽點。他擦完油，將瓶子拿在手中，靠著牆。四周倒掛著剛刮毛剖膛血淋淋的豬牛羊，中間還掛著一張貓皮。

他捂著嘴，叫了一聲，便沈默了。

過了一會兒，他往頭髮上倒油，油從頭髮流到臉上，他搓著臉，微微仰起頭。

我站在鏡子背面。他看不見。就如同身體內血的大門必須關閉，遺物必須留給遺孀和遺孤一樣，他做他預定的事。

他撫摸鏡子，突然嚎啕大哭。

腳步聲，從屋頂朝下湧，清晰，沈重。

他打開了門，然後又退了回來。他掀開離門不遠的一口嶄新的棺材，躺了進去。在他慢慢合上棺材蓋時，我認為他就是酒店老闆。如果真是他，那他懷孕的妻子呢？

## 詩集

一個陌生人走進柵欄。他頭上戴著一頂灰帽，一雙手在衣服下伸過來，放在我想有個手放的位置上。不，那是兩個人，兩隻手交換。他們是兄弟。一會兒，一人把我捲入一種旋轉機中。另一人站著，叨叨不息地講自己過去的種種艷事，講得具體而細微。

空曠的舞臺。我是他們唯一的觀眾。他們在那裡對話，反詰，講自己難以忘卻的事。燈光亮得跟白天一樣，跟我的臉一樣。畫有魚的布帘垂滿舞臺。我用舌頭舔了舔自己的手，感覺到自己的眼睛隨著舞臺變換色澤，而自己的頭腦被塞到這兩個男人說的境遇中去。我叫了起來。我的頭上面，魚整齊地穿梭不停，輪換著變成燈光的影子。

舞臺上的男人長出了鬍子。兩個絡腮鬍繼續在說話，眼光夢幻一般越過我。終於我對他們談的風流艷事已不感興趣。那麼我還待在這兒幹什麼呢？他們的下流庸俗使我的笑聲像碎玻璃飛散。這兩個絡腮鬍莫名其妙。

那是一個開頭。對，目的簡單，從那兒可以到十七世紀的城堡、未來世紀的儀式。於是我想到自己昨夜被抓回去的情景。

我被帶到家裡的吃飯房間。似乎三服內親戚皆在，都是女人。我說，媽，你已經同意我走，為什麼讓他們把我抓回來？

我站在那兒像受驚嚇的兔子。坐在涼板的床上，母親說，你必須答應我一件事。家裡的那隻貓慢慢經過我跟前，跑到涼板下咀嚼魚刺。魚腥臭似乎不是發自魚刺，而是來源於房間裡的女人們。母親聲音平緩，說你總讓我、讓這個家丟臉。

我的目光第一次積聚了這麼多年來對母親的各種情感。母親沒有看見過。我的樣子一定可怕極了，不然母親不會閃避，動作那麼大，隨涼板墜落在地上。我首先想到貓必死無疑。果不其然，當眾人把母親扶在一把椅子上坐好後，抬起涼板，那隻貓血肉壓成一團。一個孩子在驚叫。大人拍打孩子。哭鬧聲。待稀哩嘩啦打掃一番後，房間又恢復了安靜。

「你們把他怎麼樣了？」我問。

母親旁邊的兩個女人說：「把他的雞巴割了！」她們哄笑起來，「熬湯喝了。」

母親一邊制止，一邊上上下下打量我：「不是我們逼你，而是你逼我們。」她頓了頓說，「你從小就想成為一個小說家。現在你靠寫小說混飯吃，比要飯的好不了多少。聽我最後一個奉勸：別寫你自己的事！」她拿著從我包裡搜去的稿子，將其撕成碎片，扔到我臉上。這就是為什麼這部稿子片片斷斷，難以收拾成一個前後一貫的故事。

我接過母親的話：「我是你們家的恥辱，我的事都太髒。」

「知道就好！」母親看了我一眼，朝我揮了一下手，「走吧，走得越遠越好。或許你最後會找到一個他，你滿意了，平靜下來。」母親憐憫地說，「那時你可以回來。」

「我決不會回來的。」我踩著地上尚未清除的貓血，抓住洗臉架，在地上擦著鞋底。我想把黏在那兒的血擦乾淨。

是的，雖然從那時到現在已經歷差不多一個世紀，我已經腐爛成泥土，但我還是要講完最後這幾句話：那頂眾所周知的帽子落在地上，一本薄薄的詩集掉了出來。那作者你可以認為是徐志摩，也可以想像為王爾德。總之，它是一本顏色枯黃，帶有折皺和污漬的詩集。臺上在表演的一切只是可憐的重複。我突然明白，所有的人為我閃開路，是因為他們閉著眼睛。他們閉著眼睛，是因為他們只想自己。而我拼命睜開眼睛到處找他，但如果他也閉著眼睛，那我怎麼能找到他呢？

# 藤壺

四十四朵玫瑰，我坐在沙發上數窗帘，是我喜歡的休息方式之一。這幢房子建在寬敞的馬路邊，不過樓高，二十七層，街市的喧嘩輕了。

她在看一本精品購物指南雜誌，喝著茶，吃著威尼斯產的巧克力。你要嗎？她問。我沒回答，再過幾分鐘，我就會到街上。從做這營生始，就一直不順，嫖客換了不少，經驗卻沒有增加，若有，那就是嫖客很少有懂性享受的，大都獵奇而已。上次那位長得很高，不健壯，也不英俊，性格陰鬱，不太愛說話。由電腦公司介紹來的，沒在星級旅館見面，而是在這個北方城市最後　個鐘樓下，護城河上漂浮著很濃的消汙染藥劑味。收過他二次或三次錢，後來未收過他一分錢。開始收禮物、衣服、首飾、花，包括她現在嘴裡的巧克力。

我不承認愛情，對這個詞已經淡忘。可她，小我二十五，正青春二十。每天我一回家，她都會歡叫著親吻我，將口紅弄滿我的臉上，然後，用舌頭抹去。她是個可人兒，短髮，應當說長得不漂亮，但有雙讓人憐惜的眼睛，有顆小小的虎牙。她總讓我想起一個人來，這或許是我最早將這個外省妹收留下來的原因。

她是個小保姆，從前是，現在是我的公主，雖然也做飯。奇怪的是她說對男人不感興趣，不是天生的，跟大多數此類女孩子經歷差不多，她在幼小時，被強姦，強姦者在黑夜裡，她未看清那狗東西的臉。

是不是這樣，一見男人有點親近動作，你就本能害怕？

她點點頭。她把所有男人都看成一個人：不僅使她失去處女寶，還留下不少傷疤。如果家裡沒有母親和二個哥哥，她連親生父親，也不能相對。於是她逃學，並離開那個小縣鎮，跑出來，在保姆市場，遇上我去挑人。很巧，也是緣分。

大概二個月後，我無意經過那個鐘樓，上面的鐘仍然能轉動，國家文物保護對象，正好三點一刻。那個男人，在那兒，專心地看一份小報。我快步走，和顧客只有物質金錢關係，除外，少囉嗦。

你真以為你不能再浪漫一次？他跟了上來。

好久，沒有聽到男人說，即使調情，也不這麼說。得了罷，我一笑。要了一個天價，想嚇唬他。

他把我的長絲巾，拉在手裡，套上脖子，作了個怪相，說成。

這個城市，以前還有無數自行車，現在差不多消失，全是車的洪流，高架公路盤繞，東西相交，南北對穿，有時是幾層重疊。我居然能在喧囂聲中，感覺到他的腳步和我的一致。說實在的，他和其他男人相比，沒有什麼不同，可他讓我心裡不安寧。

第二日上午醒來後，他已不在房間，該付的錢一分不少留在桌上。我拿著錢，高興起來。我把頭髮盤起來，將長裙撕短，腿還算得上修長，比臉上皮膚有彈性。

看看鏡子，我該算不醜的女人，當然白天比夜晚難看多了，缺點都暴露出來。掉頭看房間裡的百合花。不年輕的女人、醜一點的女人，難道不是女人的絕大多數？

晚上燈光迷人，我站著。在鋼琴聲裡注視旅館大廳裡的噴泉，有男人過來，我不想理睬。女士，請你喝一杯？我急了。咖啡，或是酒？男人繼續說。這時，我看見了昨天的過夜人。別的男人不要，就要他。衝這點，我想，今夜收費合理些。我叫他，先生。

他不理我，我笑出了聲。他原地轉了個身，手指作了個OK。

這夜，我和她在床上都睡不著。她讓我講自己。我閉著眼睛抱著她說起我姐。我姐老是把我從地上拾起來。她的樣子，記憶裡很模糊，像你。但姐幾乎不笑，頭髮不多，高，走路外八字，但聲音很好聽。

我不能不對你說她，你會理解嗎？我心裡有她，就懷疑你是她。這種解釋有道理。她離家出走時，帶走一盒象棋。她笨得要命，始終未教會我，只得一人下兩邊，輪流體驗輸贏的情緒。

我對父母沒有記憶，很小時他們倆就在反右中被弄去勞改，說是病死了。姐是我唯一的親人，我也是她唯一的親人。但只有她離去後，我才明白這一點。她離去的原因，我不太清楚。我們有一個養母，和母親沾點親，姐與她關係惡劣，有一次姐對我提起父母之死與養母有關，不過她只是懷疑而已。那段時間，離全國性的知識青年上山下鄉還有一些距離，剛開始到廣場上接受城樓上紅太陽檢閱，然後是大串連全國亂走。山巒行走著亮光，野獸出沒尋常，人在喊叫，牠們沈默，六十年代末的奇蹟終被海水漂藍。

我沒有姐的照片。沒有也好，她摸著我的眼睛說。是呀，我看你，沒準你就是她的化身，或上蒼見我可憐，賜給我的，算是一種安慰。床邊的窗帘被風吹動，我睜開眼睛，看那漆黑的天空。的確，還有什麼比這回憶更好的事？一般人經歷過足夠量的劫難，都學會了心平氣和。視而不見，聞而不聽，淺薄才是時尚。

發瘋會輸掉一切？可我一想起姐，就會發瘋，每天一早梳頭時，我就發現白髮多了幾根。這個女孩子依賴我，在我輕輕的聲音裡甜甜地睡著。而每次當我躺在一個男人的懷裡時，我在心裡總是對我的公主說：你會一日比一日懂得我，你也不會為未來擔心，我不會讓你受苦受累。為了我的姐，我願讓你這樣快樂下去。

整條街全是這生意，鮮花簇擁，我從未到過這麼個地方。腳走著有點痛，街太長，人又太多。對直走，沒路可走時再拐，左右都行。打聽的結果全一樣。鑽入一間廁所，關上門，從小窗裡爬出，到了屋頂。在高處，感覺才順暢。男人擠成排在牆沿，準備幹仗的家什冒著氣。

我對著他們坐在屋頂，從包裡掏出興奮劑。吸第一口時，感覺衣服全離開身體，吸第二口時，手向前伸去，臉貼住冰涼的磚頭，身體顫抖。好像有許多人上來了，與我解放了的身體相遇在一起。而他呢，則在一旁觀看，臉上掛著笑容。這兒是警察不愛來的地方，即使來，街前街尾早就有報信人，各自有法逃走。

古老的喇叭裡出現了激昂的進行曲，我在小學就會唱的一種歡快的歌，一切都偉大，並且萬壽無疆。幾十年了，老唱片像撒了沙子，音樂中有密集的高呼聲。

街上每隔一段有一個簡易房間，裡面的人三三兩兩，有男有女。他們臉上塗了油彩，胸前戴著毛主席像章，但下身有的相連，穿裙子的，卻更方便。我還是和這個男人——老顧客，從一個房間鑽出，到另一個房間，在人堆裡躺下，剛才因為熟悉的音樂的激勵，有刺激，革命幹勁強著呢，我們一致認為房間應該更大一些才是，能容下二十幾個人，鬆鬆活活。

起來，騷貨！一個人的槍抵在我的胸口。

房間裡人都往外閃，這個人套了面罩，手裡的槍五彩閃光。人們叫著，還不快離開？這人吼了一聲，朝天開槍，屋頂全是大洞。消音槍，警察聽不到，聽到也沒用，每天的早晚報都有人遭到槍殺，沒幾樁案子抓到兇手。

這人腿像受了傷，一拐一拐。我只得乖乖在槍逼迫上了一輛車，從後視鏡裡看見老顧客的車也在起動，我放心了。去哪？我問。

沒地可去，不耐煩，尋個地吧。這人邊說邊將我眼睛用膠帶黏住雙手綁住，順便在我胸部抓。找死，開鬼車？我吼道。那手放開我，但照舊開得像飛。

幾歲？我不由得想。打群架是在廢棄的工廠進行。從家裡偷出菜刀，菜刀亂砍是做樣子，石灰往臉上是真扔。趕緊躲，不然，眼瞎了，咋辦？全是女生，不如男生那麼胸有國家大事，掃平天下不義。我們糾纏在一起，上課時什麼也沒發生，下課就開始組織下一輪打群架。多年沒一人洩漏秘密。一直到兩個頭目言和，小兵們知趣地散去。兩個頭目由仇人變成親家，一同下農村，同生產隊落戶，在同一間房裡，以後在同一張床上。兩人暗中下手，為爭一個名額回城？失敗者自殺。而贏者在回城一年後被逮捕，她對警察說，在小學時，我就想總有個結果，有贏，就有輸，沒什麼稀罕的。

那個警察聽了，哦，哦，咳嗽二聲，一本正經繼續調查兩人的從前。她故意不說，警察誘供逼供，一點不含糊。停電的一晚，他們在審訊桌上做了那種事，文件、椅子被踢翻，杯子被打碎。

作為交易，她被放了，當然，她並沒殺人，那人是自殺。案子結束，那個警察再也未找她，他或許是怕她把事捅出去，給自己惹麻煩。她有時性欲來了，還想找他，怪不怪？因為在桌上幹和床上不一樣，有至高無上的法律在腦子裡晃來晃去，也不一樣。

她就是我，那個女同學，也可以說是我的第一次性經驗，非正常的激情一開始燃燒，就非正常地結束。

奇怪，我的生活不是早被姐充滿，自從有了我的公主，更是忘了這個女同學。想必是由於遭到襲擊，我的回憶才重現了過去。車停下，我好好地喘了一口氣。

雖然既看不見，也摸不著，但憑直覺，我是在一個大房間裡。老顧客一定會跟上，這麼一想，我便不慌張。這人為什麼會劫持我？這念頭一冒出，我馬上想，如果是姐？見鬼，姐就是一個鬼，別這樣想姐，她會活著。可是，萬一她死了，就是說她是一個鬼，也不會不管我的。我的心更鎮定了。手機響了，那人哼哼哈哈幾聲，就用槍對準我腦袋，意思是老實待著。腳步從屋的左端消失，門在那邊，雖然關門聲極輕。

老顧客進來了，他鬆開我的雙手，要解開眼睛上的膠帶。我卻說，不，我要讓這感覺長久一些。急急地下電梯，在他的車子裡，我感覺安全了，說我要回家。

好，他說。

我惦記著家裡的公主，不知這個劫持我的人會不會動她？老顧客說，可能是他的敵人，他的敵人自然比我的多。我問為什麼？

有人專製造現代名畫，畫一些線條或潑各種顏料，再用吸塵器，使年代古老，用鹽水將畫框的鐵釘變鏽蝕，編一個拍賣的精彩歷史，賣個好價錢。我突然說談這些有什麼好處？彼此沒必要了解嘛。我已經猜出他在說他自己，他大把大把的錢的來由。

隨便隨便，最好，但我不想把你當成一個女人。

是這樣的？我不以為然地說。我和他解彼此的衣褲，嘴角浮起笑容，不到房間就想做這事不是第一次，但在上二一七層的電梯裡算頭回。

我們脫光了，卻不幹下去，突然像小孩不知所措。我跑，動作快又野蠻。出了電梯朝右拐個彎第二個門就是我的家。敲門。

喜歡山芋小？反正姐離開那天我就想，我一定是某個部位出了問題，我拿了山芋，左摸右摸，山芋本來生硬，被我摸熟。太陽照在我身上，昨夜的雨水在路旁的坑裡。我和她站在路沿，天冷只得把手插進袖子，縮著身子，呵氣。蹲下，突然看見路邊陡峭的懸岩下地裡種滿紅苕、山芋、土豆。姐手裡不知怎麼有石子，往下扔，有的扔得準，石子鑽進山芋或土豆裡，有的卻幾跳滾不見。蟲從菜葉翻出，一會兒就長了一寸。我驚叫，姐抓住我的手，看什麼呢，沒用的，咱們快去趕回家的車。她嘴裡發出「家」時，我能強烈感覺到她是愛家的。是什麼原因讓她非走不可？

當我掏出鑰匙打開門時，裡面沒我的公主。沒有什麼異常，她也許出外買食物去了。我喝酒，停不下來。直到頭昏沈沈時，才去掉遮住眼睛的膠帶。老顧客和我在床上，我盯著一個方向，就想哭。別以為我軟弱，別以為我痛苦。得了，隨你怎麼想，酒有酒的妙處，人有人的絕活，酒和人不一樣，這一回他一直說值，決定專包下我。彷彷彿彿之中，看見我的公主進房間來，她站在那裡，而我的頭在暈旋地轉動。我醉得不輕，睡醒過來，抓過酒瓶就喝，我嘴裡叫：姐。

運河行駛的都是木船，活豬沒乾淨的，但氣味好聞。姐在石橋，一站就是半天，有人喊：快去，你姐要往河裡跳。我才不信，那是個太陽普照的日子。她失蹤這麼二十多年，只有我認為她總有一天會跑出來見我，如果她不想見我，並不是不想見我。她要避開，並不是我，因此我從不往這上面想。她說過：你討厭的人有名字和地址，而我沒有。她實際上和我不是一類，雖然是一個母親生。

老顧客沒來，自從那天見我醉了之後，他一人離開，留下一扎鈔票。公主把鈔票放在抽屜夾層，她抬起來看我的眼神非常含糊。過來，我向她招手。她卻沒動，隔了一陣，她說你恐怕已不會被電腦公司接受，你現在條件並不太好，第一，你酗酒，第二……

第二，說吧，我想知道。

她說，沒第二，就只有第一。

那又怎麼啦？我不解。

這樣你就很難有不錯的收入。不等她的話說完，我說，那我就只有打野食。這樣，一旦被地方稅務機關抓住，罰款不說，還會被關押起來。而這項業務公開名字是陪伴孤獨人，並沒有上床，政府到了世紀末還是不允許賣淫。我想著，突然說，是你把老顧客趕走？當時你在場。

她搖搖頭，但承認她當時在房間裡，不過並沒有趕走他。她說不會壞了我的生意，但她不能忍受他在這床上，她不喜歡男人的氣味，在這房間裡，尤其在床上。

清楚了，我說，那為什麼你不出去？任何工作都行，如果恨男人，起碼你也可以和女人。她一聽，就哭起來，跪在床邊哭。我後悔了，掙扎著起身，想抱她，卻從牆上的鏡子裡看見自己的臉，沒有經過精心修飾的臉有多麼難看，不僅皺紋多，而且僵硬，值不了幾文錢，要不了一年，我就會一個客人也沒有，即使冒險自個幹。

怎麼辦？

經過一天的辛勞，我在所有高級低級旅館尋找生意，轉悠在吧裡和咖啡廳，也是希望找到老顧客，卻未能成功。肚子裡裝了一些酒和咖啡。也有男人，錢少得可憐，我沒同意。於是拖著一身的疲憊和難受回家。

她，小鴿子般撲過來，在我亮閃閃的衣服上左吻右吻：想你了。

怎會，怎會？我後退二步，退掉高跟皮鞋。

她年輕的手摸著我的頭髮，窗外雲朵變大，卻移入陰暗的雲層中。我握住她的手，滾燙，帶著火種。別信，滿天下靠那一兩個自以為是的男人。沒雞巴也能活，可有那玩意，會活得不一樣，有意思一點？對這種話，我只能搖頭，說真餓。

認為我在說謊？她說，說謊很快樂，她拿出麵包，說今天只有這個。

我自己倒芒果汁，今天有麵包，明天有什麼呢？她天真的臉，真美，她會跟別人去，那樣未必不好。我只不過是個為存活下去榨淨的渣子，除了這一身骯髒的皮囊，除此之外，我還有什麼？幸好，還有對她的感情。那麼，就應該讓她離開，另謀一條生路。

這麼一想，我高興起來，站在窗臺上，對她說，你如果願意，明天，也許我說完這話後，你就可以從我的生活裡走出去。我已經不能給你想要的，我不能使你過幸福的生活。她走過來，說，我是想拋棄她。

見我不說話，她上了窗臺，我不走，她說。

跳不跳？我朝二十七層樓下望。為何不可？她說著，握著我的手站在窗臺上，奇怪，她一挨著我，我就難下決心，讓她離我而去。她說要和我一起往下跳，更讓我感動。這時下面車流，全閃著燈，如流星在弛回。春日剛去，而花仍然太多，你就是最讓我捨不下的一朵，我望著她的臉說。

好呀，跳呀。

好呀，跳呀。

我和她滾落在地板上，這一夜她讓我感覺到天堂的床與人間的床有什麼不一樣。

姐小時和街坊的小霸王爭一棵青菜。他有個當車間主任的黨員父親，在這一片地區，已是不小的官，少年們聽他號令，蜂擁而上圍住姐和我，姐用身體擋住我，讓我快跑，她提著竹籃，無奈中只有後退。我跑遠了，又往回跑，悄悄在一旁，不敢動。小霸王卻朝姐靠近，小婊子，快做個婊子相給爺爺看。姐一閉眼，她繼續後退，忽然一腳踢在小霸王的褲襠上，小霸王痛叫了一聲倒在地上，少年們驚慌失措全跑光。真想殺了他，姐說。她無意中傷了那小霸王的那東西，還未解恨。我懂姐的話，還有我的因素，小霸王常擋我的路，想做什麼，誰都清楚。沒有做成是我拚命，姐也拚命。

一早我醒來，公主不在家。我腦子閃得很快，打開抽屜，裡面的最後一筆錢沒有了。她一分錢也不留下，難怪昨晚她那麼親熱。不，不，絕不要這麼想她。

我穿上最漂亮的衣服，裝扮好，到了街上。摩天大樓還在建，一片片在聳立，已經找不到以前的胡同和四合院，只有護城河，還可尋找出昔日的影蹤。柳絮沾滿我的頭髮，樹下那個吸著菸的男子是誰？

不會，那人並不孤獨，盡在朝人看。

記得老顧客說，他曾在革命隊伍裡很長一個時期，上初中就參了軍，轉業到地方也是在此行列，可他愛穿黑緊身衣褲，繫條花帶子，不是領帶，也不是圍巾。現在想起他的頭髮，帶點天生鬈，該掉頭髮的年紀，也未露出些兒頂來。他對櫥窗的偏愛，糕點糖果，五顏六色，硬的軟的，並不要吃，看一看，就夠解年輕時的饞，那時真窮。部隊裡盡是男人，一到冬天，滑旱冰，比誰快。步子別亂，用口哨作陪襯。夜裡，他靠自己解決問題，而有人就悄悄鑽進另一個被窩。被人告發，軍事法庭重判，主犯斃掉，從犯二十年或十八年，有後門的，也是十年。他知道他有問題，不能結婚，必須打野食才行。這是另一種自由，說不上運氣，當我遇見了你時，才是。

我有點想念這個男人，因為他失蹤，也可能他被人幹掉，但絕不是由於我老了，就不再找我。為什麼你願和我幹？有一次我問他。

因為在你身上，我可以回到那個冷酷無情的年代。他的回答，讓我感慨。我和姐沒有穿一件花衣服，從不知道口紅是什麼？在我記憶裡，男人和女人沒有什麼區別，性別被輕易抹去，姐的象棋是養母偷偷藏起來，有一天，她給了姐，那天是姐的生日。那麼說，養母還是愛姐的。姐有了象棋，心就在象棋上，她的技藝起碼已到三級大師水平，她滿城走了一圈，沒人是她的對手。幾天後，她懷揣象棋出走。養母從那一天不打我，她一天比一天老，她從不提姐的名字。

養母是一口氣沒喘過來死的。當我拚了命從農村調回城市後，根本顧不上她。按照鄰居的看法，我們姐妹都沒良心。養母的屍體臭不可聞，才被街道委員會送去火葬。骨灰在公墓，我去了一次，太多的盒子，養母待在這兒，在等我，她會知道姐，如果姐是鬼。而我不願意知道真相，我也不願意成為成千成萬盒子中的一個。死在空中，或海裡，甚至連骨灰也不留下。

第一次在廣場，以奇異的服裝驚倒許多人，還是值得驕傲的。我離得並不近，一邊走一邊往嘴裡扔豌豆。我感覺姐的魂附身，姐當然不喜歡這個世界，她才出走，她能上哪兒去呢，那時，也不能出國，假設她可以，那麼國外也不是天堂，全世界一般黑黑紅紅，難怪有個天堂的想像，就是說明地球的可怕。我眼睛冒著奇異的光芒，嘴唇桃紅，豌豆很酥軟。我的身體也很酥軟，扭擺著腰肢，朝一個穿軍服的走去。

自從吃上穿軍服的人的飯，我知道自己日子不會多，隨時都可能被關進監牢，也可能染上愛滋，在部隊裡待過的老顧客說過，他的一個戰友用任何藥也沒用，那時沒有愛滋這個名字，說是得了怪疾而死。

我回到家，她竟然在。她第一次沒在我臉上親吻，卻非常自然地說，她出去，想掙錢，但未成，現在已身無半文。她的淚水湧了出來。我看著她，可能是真的，但她不是能吃苦的人，她的身世也不一定是真的？她只配當個寄生蟲。你會管我？她的可憐，會使我回心轉意的，但我說，我身上的油已經乾了。

哪裡？你還活得比我想的好。她說，掃了一眼我自製的服裝，看上去真值好幾位數似的。可能這就是她無奈中回到我這裡來的原因。在這個越來越自私的世界上，她很難找到第二個人，像我，白養著她，並寵著她。

這一夜，我自動從床上移到沙發，她在床上睡得如以前一樣香。沙發有味，很怪的味，我本來模糊的腦子，完全醒了。沙發下的空地，堆著一個黃塑料袋，剪開一個口子，我當即被氣味給熏倒。屍體已腐爛，因為袋子全密封，那麼長時間，我也未發覺。是老顧客。

誰殺了他？

不能想，我站在公主面前，她睡得很香，仍然是短髮，還是那麼一張秀氣的臉，那麼年輕，那露在被子外的手非常美，曾經撫摸我，曾經迷倒我，現在呢？

樓房的髒水亂淌，濺在街上人的身上，四周的景物不清晰起來。人堆著人，廣場中心的碑在增高，所有的人頭朝同一方向。那裡發生什麼事，正在發生什麼？我想起來，姐出事那天一直是和我在一起，過了橋，我們走在歡呼著偉大領袖最新指示的遊行隊伍中，走著走著，她就不在了。我在歡慶的人叢中穿來穿去找她。那地上有象棋子，是的，有的象棋子被有力的腳踩碎。我看著路邊一顆沾滿泥的象棋子，那副神情，就跟此時看著這房間的屍體一樣。

我躺在公主身邊，她的睡眠會一直這樣香甜下去。天上透出耀眼的金光，又一天降臨。金光湧滿房間，歡快的語錄歌聲響起在耳畔，一呼吸，就浸入身體。在這麼多年過去之後，難道不是奇蹟麼？全是揮著紅寶書的身體在晃。眾人的手慢慢變淡，姐的笑容是我最後的印象。

# 危險年齡

陽光直射到她臉上。

她穿了一件長毛衣，棕色顯細黑條。庭院的牆已歪斜，圓圓的石凳裂開一些縫。東牆長著兩株香蕉樹，寬大的樹葉遮住陽光，蟲子在地上爬動。

牆外的背景模糊，石階邊的苔蘚，小朵野花紫紫的，在風中擺動。幾天前，她搭卡車到大道上，再步行。上山的路和從前不同，鋪了石塊，好走多了。

匆匆經過檢票口，上火車。三天二夜旅途，熟悉和不熟悉的景物一一閃過她眼前。當她提著行李，站在院門前，她知道，她就是另一個人了，像身後的夜色，車門關上，身後的世界連同黑夜就消失了。剩下的就是燈光暗淡的車廂，各種人各種東西的氣味，一旁母親奶孩子時的呢喃，孩子小嘴的咂吮，滿意的唔唔叫聲。母子倆都像在半睡半醒中。

母親在休息，從小做下的習慣：不允許任何人打擾，哪怕是她。母親有嚴重失眠症。從小她就明白必須讓母親休息好，不然母親的脾氣，沒人受得了。

她換了軟底布鞋，走路很輕，在地板上，跟風拂過草地似的。寬大的毛衣罩住她的身體，唯一的聲音是窗外鳥啼叫。她轉過身，鳥飛走。在迴廊上，有一把藤椅，仍在原地，那常常忘了門住的窗，小時總將她的額頭撞個青包。這時窗關得嚴嚴實實，她聽見母親在床上翻身，她想去看一眼母親，卻止住了腳步。

母親的門前掛了一個繡花門帘，她看了一下，回到她的房間，找出一本小說，重新坐在藤椅上。翻了幾頁，若把母親像書裡人物一樣帶出這房子，也就是這種生活，或許也會有同樣的命運。

她非常不安，這麼一種想法，也是對母親的背叛。

還是那把牛骨梳子，母親拿在手中，靠在床頭，梳著頭髮。她注意到她的頭髮幾乎沒有掉，耳鬢白髮卻多了。在小時，她就趁母親睡著，尋找母親的白髮，偶爾發現幾根，就用剪子悄悄剪掉。當初在另一個城市風聞父親去世，她想趕回，但山洪使火車停開達一月。第二封電報到了：勿回，母。

她遵命，從來如此。

母親把梳了放在枕頭下，說，我想一個人待著，你出去吧。她說完看也不看她。她只好從床沿起身，朝房外走。這樣，下午母親也不用她陪。從她回家後，經常是下午，有時在傍晚，她都要用輪椅推著腿腳不靈活的母親，到庭院裡或山外小徑上走走，呼吸新鮮空氣。

但她掀開布帘時，停住腳步，沒回過頭，問：傍晚呢？

也不用了。母親說，我累得很。

母親的白髮，跟布帘的白，差不多是同色。為什麼她很想聽到母親說一句，「你回來就好了。」母親不會說的，一輩子沒說，到這個年齡還說它幹什麼？她只得苦笑。

房間裡有音樂，是母親年輕時三十年代的老唱片。收放機效果不好，聽起來，有種蒼老感：沒有你，和有你，跟你在一起，都是夢，醒來便知，醒來便知。

書櫃每層都乾淨，伸手摸頂端，灰塵厚，姨矮小，夠不著，否則，有潔癖的姨不會讓灰塵留下。姨也老了，她生下，姨就在這個家裡，雖是保姆，卻跟家人一樣。

她用抹布將書櫃頂端擦乾淨。

房間裡一切如初，花瓶裡插著一束黃燦燦的迎春，姨在她回來的第二日，在她未醒來時，從園子裡摘來的。這是姨歡迎她的方式，每隔幾日都有一束花，有時是野花，有時甚至是樹枝。

姨很少和她說話，母親也是，她也是，雖然她已從一個女孩變成一個婦人。

清晨，空氣裡有她最熟悉的母親的氣味，她在床上伸了個懶腰，深深地呼吸著。她覺得今天與昨日不一樣，春更濃了。

姨在房子裡走來走去的聲音。母親祖傳下來的房子並不大，三間正房，一個廚房，一個衛生間。一度被收掉，貼上封條，母親和姨被迫到山下一間小房住。突然死掉的父親平反，房子歸還，父親卻是回不來了。這樣的故事，就這個城市就有一大堆，她家的故事沒有什麼特別的地方。母親只說，用掉了上百瓶殺蟲劑，姨幾乎從早到晚都在擦擦洗洗，倒使姨身體健朗了許多。

晚上，三人在桌前吃飯，她們的眼睛都低垂著。這時，她渴望風吹進來，風聲也是聲音。

天黑暗之際，三人都在自己的房間。她實在忍不住，去廚房為母親泡了一壺茉莉花茶。母親只是點點頭，讓她把茶壺和杯子放在床邊櫃子上。風有些涼，她走過去，把窗關上。

給我留點縫，母親說，聲音不耐煩。

她照辦了。

那時你還沒有床高，姨說過，父親就出遠門。姨在騙她，她那麼小怎會有這強烈的感覺，她再也見不到父親。

半夜，她像中了蠱，身體動彈不得，嘴也張不開，卻總聽到人在說話。是父親，不對，是母親，也不對。但那話一再重複：可是，你為什麼要對我這樣？說話人撲通一下跪在地上。別，別這樣。

他知道我們最終需要什麼，哦，他想到了。

她拼命搖頭，搖頭不算，點頭算。她睜開的眼睛，瞳孔極大，彷彿把什麼都看見了，彷彿把什麼都吸入了，她終於點了一下頭，那附上她身上的蠱突然離開，她呻吟起來，淚水湧出眼眶。

母親房間的燈光柔和，母親的臉比白天看上去慈愛，她的手放在印花的絲綢被面上，她的手居然沒有老年斑。

她在晚上凝視母親，覺得母親仍然像她離家時那麼年輕、那麼好看。時間過去已經十七年，不能想像。

臨近黃昏，到達山頂，才可領會一些東西，比如茶壺上的銅絲，與何種茶沒什麼關係，但怎樣的手握，情形就不同。

母親想說什麼呢？

小時她愛哭，天空淺灰色。

她閉上眼睛。

她在馬路上走著，人們從她身邊奔來奔去。老商店，對鏡比試，每次買新衣，她都猶豫，來回看，從質地到色彩，卻極少考慮款式。她的個子在這城市女人中應該不算小，她的臉一點說不上漂亮，魚眼，相命書上認為有凶兆之嫌。最後她買了一件刺繡連衣裙，花邊陳舊，可她喜歡，帶著貞潔意味。

避風點了一支香煙，她吸了一口，好暢快。

她的目光打量著街上的人，突然絕望地想到，怎麼很難集中思想注意其中一個人？每個人都在她注視的一剎那停下，停下的一刻，是不是表明歲月並不存在。興奮，也有點刺激，還是在恢復信心？她在等，是的，在等，希望有機會，面對一個人。

他是誰，在哪裡？

她現在想起十五年前的自己，梳著兩條辮子，眼裡偶爾掠過陰影。她害怕，害怕一切。有一隻玻璃小松鼠，燈光下她看見它跳動。這個時候，有松鼠很有必要。那個晚上，她看見他，一個陌生人，但對她而言，並不是。一見面就有感情，感情在幾秒鐘裡生長迅速。他是陌生人，對她來說。但她搖搖頭。她喜歡這樣的見面，他站在那兒，只是雙手有些無助。

什麼時候？

對的，什麼時候？

她偏了一下頭，說我要出去。

去哪兒？

我不想說。

他聽著，將手插入褲袋：你心定下來，我知道。

為什麼不早點？

早點什麼？

你清楚。

不清楚。

從這以後，她才明白自己和其他人很相似。她是一個罪人，這樣自我斥責，比較痛快。乾杯的聲音，在一次一次重複。想到了嗎，她從那夜成了一個失眠者。

十四歲那年發生了一件事。她坐在河邊看太陽西斜，燃燒後的天空，紅色在往下飄，灰燼浮在水面。她往上游奔，突然被什麼東西絆倒，從坡上滾下河畔。天黑盡，她才醒過來，發現兩腿間濕乎乎的，很痛，像書裡說的被人強姦那麼痛。

失去處女膜的她，不完整，她不再是原來那個她。

她的面前是一把刀子，從刀子上滴下的是血，也是寒光。因此，她不得不學會從容不迫。然後使用語言也這樣，她每天寫一百個字，寫字時，她聽見家鄉河水流淌的聲音。

如果這一切是她假想的呢？為掩蓋她不再是一個處女的真相，是的，那真相太殘忍，她不得不自欺欺人。

## 我在黑夜裡，我沒有看見你

可我看見了你，你竟是我自己

她想笑，卻笑不出來。她決定去見寫這詩的人。

晚上七點正，她來到飯店旋轉門前，一身白，腳上一雙運動鞋。房門打開，一個男人，三十歲左右，穿著西裝，看著她。

他打量她，眼睛異常大膽，像她的大膽，四處打聽詩人下榻的地點一樣。他為她泡了一杯茉莉花茶，放在她面前的桌子上。

你能來，太好，他說。

她坐在那兒，等一會走出這個房間，能笑了嗎？她不知道。

別說，我看見你，就知道你，你曾經吃盡了苦，現在仍在吃苦。別動，我說的不是物質上，也不是精神上，你懂，你找不到回家的路，雖然那路就在你面前。

我喜歡俄國女詩人茨維塔耶娃，他說。她看看他，輕輕地背起一首流傳黑道詩歌界的詩：

年輕美貌的詩

夾在信封裡

我那家鄉多餘的詩
穿越森林時被人陷害

接著，她又背起茨維塔耶娃二十歲時的詩：我的詩覆滿灰塵擺在書店裡，從前和現在都不曾有人問津！我那像美酒一樣醉人的詩啊，總有一天會交上好運。

她笑了，他的表情很怪。

那個城市怎麼樣？夜景在何處觀看？迷路後看地圖或是問人？這些問題，無聊之極。她躺在床上，眼前閃過他。

他就是他。

她醒了，溫暖的陽光灑進窗來。

敲門聲。再聽，不是。母親說過：我知道你會答應的，在這時候，我了解你。

她嘆口氣，臉卻顯得柔和些了。那晚，他拍拍那個專程來訪的女子的肩，說，不管你以前如何，以後怎樣，我都不在乎。

三個月後，他與她再會。雨水停停下下，到處都是濕漉漉的。一人打一把傘，一前一後走著。電影院前，廣告張貼花花俏俏，煽情加驚險。電影快散場了，他買了票，他要她在漆黑的過道上站著看幕布，他說，讓我們看一個時代結束。

母親的輪椅對著庭園的大門。她回屋，拿了件衣服披在母親的身上。深灰色欄杆，使帶紫帶藍的花顯得嬌嫩，即使枯萎了，也是新鮮樣的。

姨下山去？母親問。

是的，她回答。

過去的空白，突然在這沈寂中浸透出來。媽，你還想爸嗎？

母親轉過臉來，然後低下頭看膝蓋說：你不該問。

知道嗎，我不後悔。母親的聲音低低的，但一點不像年老生病的人。母親一生有過兩個男人，都是革命者，一個死在監牢，在解放前；一個死在牛棚，在解放後。母親曾去監牢，那時已有第二個男人，他是她的父親。母親去看監牢裡的男人，他沒有想到是她來看。他要她培養好腹中子，為了革命事業永遠後繼有人。其實他不知道孩子並不是他的，也不是男的。二十五年後，她去牛棚看第二個丈夫，他抱著她痛哭，說對不起她。母親離開後的當夜，他撞牆而死。

冷嗎？她問母親。

母親叫她到面前，母親在她回家後，第一次握住她的手，她渾身一陣顫抖。母親生命中的男人，都是了不起的英雄，卻也都是很軟弱的人，需要信念、理想、事業等等，作精神上的支撐。一旦沒有精神支撐，生命也就完了。

我呢？她不願往下想，站起來，遠山一片青綠。

午飯後，姨在廚房，織一件毛衣，淺黃的線團，在簍裡滾動。姨小時總對她說，凡事得講緣份。

這兒的街道已經有些熟悉了，她喜歡店的名字，盡是什麼廣場，什麼大廈的。酒吧、夜總會更多，流言跟著她，她聽而不聞。坐公共汽車，車下的圖片翻動快，城大，圖片重複的多。

她沒有與他再見，住在一個城市了卻一點不想見。下車後，她找到一家酒館，獨飲。一條被鉤弄傷的魚，有水就好。

她想起一本書：薩特在義大利度夏，一個偶然的機會，他一人來到裝有鏡子的大廳。兩個女人在表演，其中一個拿著象牙質地的男性生殖器模型，做著姿勢。薩特覺得噁心，他離開。這經驗使他寫了一篇小說。

她未吃菜，如果不是在大廳，如果換了一個地方，薩特未必會噁心。當然，她讀到的就是另一篇小說。

女友比她大八歲，她住精神病醫院。每次去看她，她都下決心不再去。女友高䠷的身材沒變，藥和針的效果不錯，女友安靜地笑。

她喜歡夜裡走路，在詩裡走路。現在她看著女友，記起她曾經有過的瘋狂的目光，她曾經一度離不開女友，因為女友有和她一樣瘋狂的目光。她倆不同的是，女友一直向前走，而她停步了。比如，她們熱愛過同一匹馬，女友勇敢地騎上去，而她畏懼。

護士催她離開，女友沒反應，她的詩，哪一句短，哪一句長，她突然明白為什麼她無法再寫詩的原因。馬蹄聲竟是潮水一般從她身前湧了過去。

他未能堅持下去，他在鐵軌走，迎著春天的火車。他的朋友們坐在咖啡館裡談到他的自殺。他的死標誌了那個時代的結束：不是他死，就是其他人死。她靜靜地聽著，有的人放聲大哭，她也聽著。

這個世界傷害了他，他的朋友，也有她。

山上，處處可見松樹。小時她拾野蕈，那時，姨總會跟著來，教她識別哪些蕈有毒。一山重疊一山，山外有山，雲外飛雲。山下的城市發出聲音。

母親知道嗎？父親存在與不存在都一樣。穿過光，即穿過門。沒有光，也能穿過門。

停電了，房間裡點著一支蠟燭，她和母親的身影投在牆上。她在為母親讀一本書，聲音清晰而輕柔。一個字，一個字，湖水蔚藍的波紋在閃耀，樹葉飄落。

她放下書，母親已睡著。

第二天晚上，還是那支蠟燭，小半了。她坐在床邊，繼續為母親讀書。母親有好幾週未能下床，她一走神，讀岔了行，覺得書頁自動在翻飛，她用手去按，卻沒有用。

帶著兇氣的字，總在某些頁某些行等著她，她眼睛看著，不認識似的，第一次，她聽見她的心也能與之呼應，歌在輕唱，舞在猛跳，而她臉漸漸平靜。

又一個春天來臨，母親去世。她站在迴廊。兩枚夾子固定頭髮，她比回來時膚色健康些。收拾庭園裡的花木，腳步聲音從門外傳來，漸漸近了，她抬起頭，一個十分好看的女孩站在她面前。

她想也未想，就對這女孩說，找錯人，她不是詩人。

女孩拿出一本詩集，指著扉頁上的照片。她看了，照片上的女人眼睛太有神。她搖搖頭。

女孩沮喪地轉身走了，她瞧著她消失，然後彎下身繼續清理雜草枯枝。風吹著樹葉，她想，時候不早，該去廚房幫姨準備午飯，就擱下手裡正在做的活，朝房裡走去。

# 你一直對溫柔妥協

## 1

一封父親突然病亡的電報，使小小中止期末的最後三門課程考試，趕回久已忘懷的家。

小小繞過那寫著父親劇團名稱的紙花圈，撥開一條黑綢的床單般寬的祭帳，走到他家房子背後。哀樂聲太宏亮，肯定是母親故意開大錄音機。在這裡聲音才小了點，他神經略略鬆弛了一些。

十多年前，小小上小學時，他喜歡一個人在房子周圍走動。房子年代久遠，許多地方補了又補，修了又修，僅僅是屋頂的瓦就得每年整理一番，深深淺淺的灰瓦中夾著一些紅瓦，漏光的亮瓦每隔一段距離就有一塊。由於太陽光不強，天陰沈著臉，屋子裡只有黯淡的光線。

小小生下前，他家就住在這兒，習慣了，就無所謂好壞了。特別是憑窗望著江水，當船從上游駛向下游，或從下游駛往上游時，那拉響的汽笛聲，聽來熟悉又親切，夜裡睡覺，這聲聲汽笛總是他的入夢前奏曲。

小小將視線從房子移向窗下那條石梯組成的小路，他坐在一個石頭上，看著行人急匆匆，在石徑鋪就的小路上一個又一個地消失。他應該哭，但當獨自一人遠遠拋開屋前那悲哀的道具時，他怎麼也淌不下一滴眼淚來。他的模樣仔細瞧來像一個女孩子，可他的淚水呢？

清除屋前的鞭炮餘燼、紙片、花圈，彷彿熱鬧一陣的房子一下清靜了。一只玻璃盒子裝入父親的骨灰。小小躺在床上，非常累。牆上每一處水跡、線條、圖案，都在給他暗示或聯想，他看任何一個地方都有一種不舒適感，像太陽曬熱的鐵皮屋頂上的一隻貓。

下午他打掃房裡衛生時，將剩下的一小桶綠色的油漆，擱在小土碗裡，他找來刷子，決定把褪掉色的窗、門重新刷上顏色，以遮住被雨水和歲月浸蝕的痕跡。

母親翻過身，制止小小，說，反正這房子不久就要拆掉，不要刷油漆了。

拆掉？那我們家住哪裡？他問。

誰知道呢？附近一個卷煙廠擴建廠房，把周圍的許多地都買下來了。母親有氣無力地說，她躺的木床紅漆已剝掉，不寬也不窄。

舊木櫃隔在一間二十多平方米的房間中間，小小仍住在裡面，在木櫃和牆之間的空處，掛了一塊繡有小花的門帘。他對自己說，你本不該回家，從初中時住讀，在市中區上學，很少過江來。上大學已過三個年頭了，你一次也沒有回家。父親的死是一個圈套，你少考三門，等於晚畢業一年，自願被這只剩名義的「孝道」劫持。母親在火化完父親的屍體後便躺倒在床上，又是一個圈套，使他不敢說半句回學校的話。他躺在從小睡大的單人床上，往自己腦門狠狠捶了一拳。

小小褲袋裡攥著處方箋，上面開著一大堆茯苓、肉桂、朱砂、荊芥穗、桔梗、柴胡、苦杏仁之類的中藥。請到家裡來的中醫，說母親是心血不足，虛火上升，胸中鬱熱，驚恐虛損，痰涎壅盛，血壓升高。

吃幾付就會好的，母親沒有理睬老中醫好意的預言，只說了聲謝謝。

小小送走中街那位自己掛牌的老夫子醫生。說，媽，你這病沒什麼。

母親不理他，仍躺在那兒，隔了一陣子，才把喉嚨裡的清水狀的痰吐在床邊的瓷痰盂裡。

通向石橋中心和水池子的街全是石階，人如螞蟻，爬上爬下，水果攤、蔬菜攤及街兩邊的館子、布店、鞋店、五金工具店、藥鋪、髮屋、醫院診所都依石階的坡度而建。他出了狹窄的小巷子，去找藥鋪。汗水隨著悶熱沁出，衣服漸漸濕透。街中心那個水池由石塊水泥砌成，裡面蓄滿了水，是用來消防的，久了，各種髒物，包括死耗子、死貓、臭爛襪子、鞋等東西扔了一池，臭氣熏天，他想起母親常說的一句話，用久了，什麼都有感情。

抓完藥，小小沿著石階一直走到江邊。沿著沙灘他往家走去。

沙灘靠屯船邊有幾個小孩在戲水，扔石子，打水漂。跨過屯船架在坡上橫穿河灘的各種纜繩，在幾塊嶙峋礁石背後有一片較為平緩的沙灘。游泳和看游泳的人三三兩兩，在江水之中，或在沙灘上。偶爾傳來幾聲喊罵聲。

小小站在一塊岩石上，看了看下面游興正濃的人影，今年他們中間誰會成為「水打棒」？

小小正名叫叢洑，小小只是他的小名而已。他出生的那一個夏天，天氣異常悶熱，去大江游泳的人從他家門外的那個石階絡繹不絕。窗下時而傳來背搭游泳衣、褲，手挎游泳圈的大人小孩的聲音。那一年到江邊乘涼的人也不少，因此淹死的人也不少。他後來見到打撈起來的淹斃者的屍體，女的都仰著，男的則臥著，都是通體透明發脹，蒼白浮腫而面目全非，見了自己的親人還會七竅出血。小小落地那一刻兒，正值一隊人抬著撈起來的淹斃者：「水打棒」，從門前的石階經過，父親悶坐在門前的矮凳上，就取了個「洑」字。叢這姓就少得怪，這名就更奇。小小上小學後，查字典得知，「洑」，為水流回旋的樣子，還為漩渦的意思。父親成天見了他，臉上沒有晴天。他怕父親，很恨父親給他取這麼一個怪名字。他記憶之中，父親總是抽著最劣等的紙煙，蹲在江邊傾斜的一個石塊上，盯著用草編的席子蓋住的一罐罐綠豆芽、黃豆芽，不時嘴裡含著煙，用木桶從江裡盛滿水澆在豆芽上。豆芽在父親一心一意的照看下生得又壯又大，每天上午各種女人，從老太婆到中年主婦，還有六七歲的孩子便拿著菜籃或竹箕排隊買父親的豆芽。

小小路過　座低於路面的房子，那屋頂一伸腳就可以跨上去。平平，住在這兒。他猶豫了一下，還是沒有往左旁陡峭的石階下去，他情願把自己留在過去，留在回憶之中。因為平平占據著他的回憶，還有這幢破舊的矮於路面的房子右邊與另一幢房子間的漆黑的小溝。有一天他躲在那兒，讓平平找他好半天。平平生下來就是癱子，六、七歲時有了一點好轉，但只能用兩個小木凳挪動行走，身體一動，眼睛便一擠，嘴一歪。沒有人願和平平說話，他的父母對平平也不好，或許平平可以治好，但他們捨不得花錢。對一個給人在碼頭扛包的工人和做點零活的母親來講，哪有錢醫平平，況且平平下面還有兩個哇哇直哭的妹妹。

小小總覺得自己第一次看見平平時，平平眼光裡有一種古怪的引力，把他硬拉過去。他下了左邊的石階，不由自主沿著平平的眼光到了門前空地。他沒有和平平說話，平平也沒有說話。那時，他不過八歲多一點，卻像一個成年人一樣靜靜地面對沈靜得與年齡不相稱的孩子。小小回想平平不斷挪動小木凳，他的手和拖在地上的兩條腿。平平指指在他家石階旁生長的兩叢野枸杞。平平讓他摘下結出的鮮紅晶亮的枸杞籽，說，很甜，很好吃。他吃了攤在手心的野枸杞籽，讓平平吃，平平搖搖頭。結果，十來粒野枸杞全部是小小吃了。

小小推開了自己家的門。

天已經黑了，母親沒有點燈，房間裡陰沈沈的，有股逼人的涼氣。他拉亮了燈泡，看見母親用手指了指，然後翻身臉朝牆，似乎是怕光的緣故。小小將一包藥倒入瓦罐，裝上水，放在火上熬。最後一次見到平平，他已經長成一個瘦瘦的少年，剛考上市裡重點中學。他開始住讀的生活。平平在家門前看見小小從巷口沿著石階走上來，他似乎想站起來，卻倒在地上。小小把平平扶了起來，讓他坐下。平平看著小小，目光異樣地柔和。小小覺得有一種類似恐怖的戰慄，又覺得新鮮、甜蜜，他沒敢把自己考上學校的消息告訴平平，這本來是他來看平平的原因。

那天，小小睡得很早，洗完腳他就上床了。母親收了擺在江邊街上的涼茶開水攤，早早地回家吃飯收拾廚房，準備睡覺。爸呢？小小問母親。

不知道。母親懶得回答。隔了一會兒，母親倒完垃圾回來，對小小說，睡吧，你爸什麼時候這麼早回來過？

小小赤腳伸進鞋裡，說，我去江邊找爸！

別去！聽見了嗎？母親聲音突然提高半度，她的嗓門讓小小嚇了一跳，縮回床上。大概已經過九點鐘了，在小小快入睡之際，窗下隱隱約約有歌聲。小小想不起歌詞，他當時根本就沒在意那歌詞，而是在捉摸那低沈沙啞的聲音是誰？

當小小想到是平平時，歌聲卻停住了。小小第一次聽平平唱歌，第一次也即是最後一次。窗外那稀稀零零的樹枝間，夾著兩株向日葵，正垂著頭，開著野花的草叢中有白色的蛾在飛。那是個季節之交的日子，不知道為什麼小小會猜到那歌聲會是平平而不是一個路人。小小當時已經進入睡眠狀態，他現在細想那逝去的一切，覺得自己滑稽可笑。當然如果他未睡意懵懂，他想他一定會跑出房子，去看個究竟，如果真是平平，他可真不知道怎麼做才好。雖然現在他明白該怎麼辦。

小小把鐵板壓住一些火苗，又在鐵板上加了些煤灰。微火熬中藥是他從鄰居家學來的。他坐在爐子邊的小凳子上。母親吐痰的聲音傳入他的耳朵。

尼太戈爾，尼太戈爾。這支曲子只有一句話，是高嶢把小小帶進這神秘的音樂裡，反覆專心地傾聽。他熄滅了房間裡所有的燈。只有月光的藍色投進窗來，給他倆的身影蒙上一層憂傷，罩入夢中。那是一個夢，如果不醒。如果小小始終如高嶢一樣閉著眼睛該多美啊！

臨別的那天下起一場暴雨。小小披著雨衣，騎車來到高嶢在校外民居中租的房子。高嶢正在伏案寫他的法律論文。他是小小的老師，他長得並不英俊，臉頰上有一道小時被開水瓶炸開致傷的疤痕。但這並不影響他那眼鏡後射出的尖利目光。他喜歡穿T恤衫、牛仔褲，冬天將T恤衫換成高領黑毛衣或紅毛衣，打扮不入流，在青年教師中別具自己的風格。他穿的，用的，不是最差的將就，就是最好的，絕不隨大流。

「不，你不能停下三門功課不考。」高嶢對小小說，「這一定是你母親的花招。」

小小說不像，父子一場，不能不回去。小小越堅持，高嶢越反對，那是他們幾個月來頻頻爭吵後最激烈最徹底的一次戰爭。

高嶢最後說出是他自己不願小小走，他說受不了不見小小的生活。

這當然是毫不遮掩的占有欲，但這種占有欲卻讓小小一下子感動了。小小告訴高嶢說自己回家後，馬上就回來。

那民居房間是平房，但獨門獨戶，離學校較遠，騎自行車一刻鐘。高嶢找了許久，才找到這麼一個既安靜又沒人打擾的房間，但他的校內單人宿舍仍保留。小小第一次被高嶢帶到這兒時，高嶢一路上說房間糟透了，什麼都沒有，什麼都差勁。可打開房間，小小眼睛一亮，房子雖是磚牆，但刷得雪白，沒有掛一幅畫或一種裝飾品。木床木桌木椅都是半成新，而且都是兩件，排得很擠，但乾淨整齊。高嶢的桌子上放著一個鏡框，小小和高嶢靠在一座木房子走廊的欄杆上，背景是覆蓋著白雪的山峰。那是海螺溝冰川宿營地。那個夏天，在海螺溝得穿絨線背心，才能抵御遠處冰峰襲來的寒氣。小小和高嶢各騎一匹精瘦但精力超凡的棗紅馬，慢慢隨大隊溜過棧道。高嶢在路上扼死了一條菜花蛇，把蛇掛在樹枝上。小小看了一眼，不敢再回頭。

高嶢把他自己宿舍裡的書和用具全搬來了。「喜歡嗎？」高嶢問。

小小點點頭。他坐了下來，正好面對窗，一棵樺樹與一棵銀杏樹在離房子不到十來米的地方，他的確喜歡這房子。

在海螺溝那個晚上，小小正好和高嶢住在一個房間。小小上床後，翻來覆去睡不著，也說不出身上哪個地方出了毛病。半夜，高嶢起來上廁所，發現小小大睜著眼睛，他擰亮燈，說，你怎麼回事？臉色發青，冒著汗珠。他把手放在小小的額頭上摸了一下。

不知為什麼小小感覺好受多了。高嶢坐到他的床頭。小小說，我不敢閉上眼睛，一閉上眼睛，我就看見那條菜花蛇，牠纏住我的身體，我叫不出來。

高嶢抓住小小的手，說，你怎麼膽子這麼小？他安慰小小，說睡吧，沒事，有我在呢！小小在高嶢的注視下閉上了眼睛，果然一會兒就睡著了。

小小覺得高嶢像他的哥哥，他們像是親兄弟。小小上大學的第一天，扛了大包小包行李，因為沒有大箱子，東西裝得零零散散，再說小小不想再回家鄉，他把能帶的都帶上了，包括在江邊拾的奇奇怪怪的卵石，蜻蜓、蝴蝶標本，甚至小時候路上拾來洗淨的糖紙。在大學校門口，就遇到了高嶢主動幫他把行李扛到系辦公室報到，然後又幫他搬到分配的學生宿舍樓。沒留地址，不等小小謝他便匆匆走了。後來小小才知高嶢是七七級那撥大學生畢業後剛留校不久的老師。高嶢看起來像個大學生，一點也看不出比小小大十多歲，但卻是有名的高傲，從不做幫新生搬行李之類的事。海螺溝冰川宿營地那間木房，有種讓小小害怕的美，白天他盡情沈浸其中，夜裡他把白天看見的一切景點都化為了想像。在海螺溝的五天遊覽時間裡，他沒有一晚不是從惡夢中驚叫起來，他的驚叫，自然驚醒了高嶢。最後那一晚，高嶢從坐到他的床邊到躺到他的床上，猶豫了大半夜。奇怪的是小小竟睡得非常安靜，一個夢也未做。但第二天他們便踏上了回去的路程。陽光從樹葉茂密的林子漏下，霧氣漸漸散了，鳥聲沿著山路飄來。小小騎著馬跟在高嶢後面，他不知道自己是怎麼回事，高嶢頻頻折回身來，關照他，這時他臉紅了，高嶢卻極其自然。

可能是高嶢態度太自然，小小心裡覺得高嶢本來就是那種人。而且一步步把他弄成了那種人。他不時向高嶢發脾氣，責怪高嶢心懷叵測，有預謀有計劃地安排了他倆間發生的一切。

那場暴雨中的戰爭，由高嶢停止而停止，但小小第一次明白了高嶢對自己是多麼留戀。他看著高嶢伏案寫作的背。高嶢沒有理他，足足有一下午沒跟他說一句話。小小想，自己再過一個小時就要提著行李去乘公共汽車到火車站了，他竟然不理他。小小感到絕望，還摻雜了一種上當受騙的感覺，他恨自己的心理太敏感，以至於產生可能他們再也見不到的預感。

## 2

母親吩咐小小早晚在平櫃上一尊白瓷觀音前燒二支香，小小這才知道母親竟信佛了。他沒有問母親怎麼會信佛的，他懶得問。

吃過幾付中藥，母親臉色也未有一點變化，她雙眼浮腫，臉頰上出現明顯的老年斑。她才剛五十出頭，卻是一副老態龍鍾的樣子，而且幾乎從不梳洗。小小看不下去，便幫她梳頭。

母親白頭髮並不多，如果她稍稍裝扮起來，精神一些，會顯得年輕多了。

小小，母親叫他。

他望著母親，等待下文。母親在床上動了動，卻打住了話，隔了一會兒，才說，別去抓藥了，我沒病。

你有病。小小說。

我說過了，沒病。小小憑直覺感到剛才母親要說的不是這類話。不知什麼原因，她把話吞回去了。

小小在漆黑的床上，看著那道隔在房子中間的櫃子，那繡有小花的垂在櫃子與牆之間的門帘。他竟記不清母親和父親在床上的情景。曾有多少年他可是記得清清楚楚。

母親說，你別在我面前裝模作樣！

真的。你在說什麼，我不懂。父親回答。

刷的一聲，母親把碗砸在地上。別幹蠢事！父親叫起來，你逼吧，逼吧，早晚我會成為一個瘋子或白痴。母親的話隨著瓷碗裂成幾半的聲音響在屋裡，清晰極了，壓過江上的汽笛。

母親咳嗽、翻身的響動破壞了小小龜縮在幼年的心，他聽見母親叫他端茶，她口渴。

母親喝了一口，便把茶杯遞給了小小。她的眼睛注意地看了一下小小，說，你怎麼越長越像他了。

他？小小問。

你父親。她的神色看不出絲毫的誇獎或敵意。她的手重新放回胸前，像一個十多歲的孩子那麼茫然無知，需要人照顧，一個生病的孩子，既不想什麼也不盼望什麼。

荷花池邊是一個個長椅。他和高嶢沒有坐下，而是站著。小小不知為什麼總是不停地向高嶢講自己的家史。

「你父親一直沒有回到劇團去？」

「沒有！」

高嶢說，很難想像你父親可以靠賣自己生的豆芽為生？小小說，我沒有看見他讀一本書，提過一件與他從前工作有關的事。他總是斜眼瞧我，猛地往我腦袋上敲敲，像拍一個皮球，不關痛癢。我在他眼裡連條狗都不如。

小小突然有點覺得高嶢像他父親，兩個人一般身高，也都戴眼鏡，特別是兩人鼻子比常人大多了。為什麼自己一見高嶢，就有不同尋常的感覺。

爸的問題實在不算問題。小小對母親說。為什麼到他死後才解決？

你問我，我問誰去。母親變得越來越缺乏理智了。

或許是爸的死，才使問題得以解決。小小突然有點刻薄地對母親說，媽，若爸不死，你就不會躺在這兒舒舒服服，靠他補發的大筆工資和撫恤金過日子了。

那怎麼樣？母親盯著床柱頭說，我有病，醫生也這麼說，她喘氣噓噓。

那你要麼就得像爸去生豆芽賣豆芽，要麼就像從前擺個攤，賣涼茶開水去！

這是我兒子說的話！母親叭地吐了一灘口水在痰盂。小小走出屋外，她便停住了，臉一陣抽搐。小小知道母親要罵的話不外乎是滾開、滾走，沒良心、沒孝心的東西之類的話。但母親並不糊塗，她知道小小本來就想一走了之，在這個家多待一天，對他就是多一天的折磨。她偏不說出這類話。她留不住小小的父親，得留住小小。

小小把母親的心思弄得一清二楚。母親畢竟是母親。他把回家之後悶在心裡的氣發洩了許多，心裡輕鬆了些。小小把沾濕在背上的汗涔涔的背心拉了拉，想下河邊去洗個澡，游泳。但他還是從石梯上折了回來，他仍像小時一樣，怕水，說不出來的怕，到游泳池，他從不敢到深水區，父親只有一次帶他到江裡去。那時他才四歲。為什麼越大越對水畏懼？他多次問高嶢。高嶢說，可能你是火命，他讓小小去算算命，被小小頂了回去：堂堂名牌大學的法律老師，唆使弟子迷信。小小笑著高嶢，心裡實際上是恐慌如果算命人證實高嶢隨意的說法，自己若真是火命，那就命定要……

十歲時，他和街上孩子捉迷藏，躲在兩個院子之間狹長的通道裡，他將臉從一堵牆轉向另一堵牆，卻從木板牆的縫隙，看見一男一女赤裸著身體，像狗跟狗幹那事一樣。女的頭髮長長垂在床底，臉上有麻子。他害怕極了，緊緊貼住牆，怕弄出一點聲音，驚動人。他看見捉迷藏的女孩蒙住眼睛正好慢慢探索性地經過通道口，趕緊朝她走去，讓她捉住他，自願當俘虜。

那兩個扭在一起的身體像鬼，只有鬼才那麼張大口，垂著舌頭亂舔。

郵遞員每天上午、下午兩次走過門前，他是個五十多歲的男人，短短的鬍子已泛白了，腳步很穩，從中街那鱗次櫛比的破舊木房子下來，經過小小家對面一排不太整齊的自搭廚房的房子，往江邊那三家各自孤零零的木板房走去。才幾天小小已習慣聽他的腳步聲，而且能從眾多的腳步裡分辨出他的腳步聲來。下過一陣雷雨之後，天氣較為涼快了一些。

小小在等高嶢的信。回到家之後，他第一次感到高嶢對自己意味著什麼。可每次想來，他又感到失落、失望、失意。不知失去了什麼，但肯定是失去了東西。

冬天的北方，屋裡的暖氣帶來春意。穿一件薄薄的絨衣就行了。高嶢喜歡隨著音樂跳舞，他讓小小當觀眾，一會兒他便喊熱，就脫去身上的衣服，脫到身上什麼也沒有時，高嶢笑了。因為小小譏笑他說，高嶢你有裸露狂。取掉眼鏡、衣服的高嶢彷彿換了一個人，有一種和月光合而為一的美。高嶢踏著音樂的節奏，扭得很隨便，彷彿一個人在月光下漫步，孤獨和憂鬱籠罩了包裹他的月光。小小想自己一直在排斥阻擋的東西，也就是自己一直在接受的東西。

小小，音樂完了。高嶢喜歡像小小家裡人一樣叫小小。他停了下來。

小小問，還放嗎？

高嶢搖搖頭。當他倆各自躺在自己的床上時，小小俯臥床上，臉朝著高嶢，久久的凝視充滿了複雜的感受。高嶢說，他從小就喜歡裸著身子，甚至說他的父母在家裡很少穿衣服。小小如同聽天書。世上竟有人家這麼生活?!「不怕人碰見？」

碰到有人來，我們就迅速穿上衣服，再打開門。高嶢說別人怎會理解。不過，小小，你會理解的，對嗎？

小小不由自主地點了點頭。哦，不，我不太清楚。他笑了起來。

不過，這晚，小小沒有失眠，沒像以往那樣吃兩片安定才能入睡。他一會兒就感到睡意捲來，他閉上眼睛。那一夜他做了不少夢。夢見自己站在公路與房子間彎曲的小路上，他走在高嶢身旁。陽光灑滿路邊的榆樹，溫室的塑料薄膜，遠遠看去像一個玻璃房子，模糊不清。他和高嶢步伐一致，一會兒感嘆陽光燦爛溫暖如春，一會兒沈默，沒有一句話。當高嶢說小小你看你這樣多好時，小小才發現自己的衣服離開了他的身體，他急得想叫，手捂住私處。高嶢說，小小，你放開手，不然要被笑話。你看對面。果然，對面過來一群人，全是赤身裸體，他們有說有笑，在陽光裡走著。小小放開了手，但還是叫了起來：高嶢、高嶢。

他醒來，發現高嶢在他的床邊，他的手緊緊抓住高嶢。

每天到來時，看看相同，過過不同。不管是在床上、椅子上；不管躺著、站著或是另一個人整個被刻記在心。做任何事本質是相同的，時間也是相對固定的，地點也是相應不變的。就像那幾個飛蛾在黑夜裡來來往往，那種重複卻是新鮮，難以比擬的，可以再三看，可以再三想，小小從沒有厭倦過。

他抓藥、熬藥，照護母親。他察看日曆，已到了學校放假的日子。仍無起色的母親脾氣變化無常。現在回學校呢，還是等母親能下地走動之後？小小拿不準。高嶢沒有信來，他放假了會還在學校嗎？

小小擰開水管龍頭，沒水。難怪自來水管前排了那麼多桶。他把桶挑回家，水缸裡水已見底了。於是他決定下江挑水，用明礬澄清夏天已經變黃的江水。江邊已有一些人在有石頭的地方盛水。小小將兩個木桶裝滿水，擔在肩上，往上爬坡時，他覺得前面一個挑水的女人背影極熟，那件棕色裙子，自己在哪兒見過。那雙肩傾斜，被兩桶水壓得背有點彎。但那女人拐過一間房子就看不見了。小小覺得現在記憶力差極了，他想不起這女人是誰，但他肯定見過，而且就在不久前父親停屍在家的那個時候。

水缸盛滿了水後，小小掀開壓著火的鐵板，加煤球，蹲在地上淘米，做飯。

母親蜷縮在床上，用一把紙扇搧著。「你一天二十四小時躺著，怎麼行？」小小說，他心裡生出厭惡，很不耐煩。

母親不理他的話，卻問小小，今天早晨為什麼忘了替她給觀音菩薩燒香？

你不信，幹嘛擺這個樣子？

誰說我不信。母親質問小小。小小你得小心菩薩生氣。她說，若不是她在他小時帶他去廟裡給文殊菩薩燒香磕頭，他會考上名牌大學？能不信嗎？她要小小謝佛。

母親是讀過書的人啊，上過初中，她手捧巴金的《家》在輪渡上專心致志的神情，引起父親的注意。他們正好坐在渡船尾那圓弧形的一排椅子上。他們這樣相識，很有點羅曼蒂克。小小難以把這幅圖畫與躺在床上那臉上毫無活力的母親聯在一起。他說，難怪父親不愛你！

小小你在說什麼。母親要小小再說一遍。小小知道自己說到母親的痛處，便不再作聲了。

母親說，你說呀？怎麼像個啞巴了？她把床邊放著的凳子上的藥碗輕輕端起來，慢慢地倒進了痰盂，那手顫抖不已。

## 3

父親眼睛深凹，臉色黝黑，配上實在不算小的鼻子和一副眼鏡，組成一張奇特的臉，在小小手中的書頁間移動，越來越清晰。

他一生只導過一個戲，一個只演過一場的戲。由小說《紅岩》改編的話劇《江姐》。說是過分渲染了江姐站在城牆下看到犧牲了的彭松濤血淋淋的頭。特別是江姐在城牆下流的那些淚水更是醜化了革命者的形象，成了才子佳人戲翻版。寫檢查的父親一氣之下提出不幹了，回家種豆芽。那時父親正值才華初露的年歲，但性格倔強過人。其實他早有預見，與其讓劇團開除批鬥，樹為反面典型，還不如自己開溜的好。是不是就在那段日子，母親一改平日和父親的吵吵鬧鬧，變成一個溫順的賢妻，在江邊渡口擺起涼開水攤？

小小想，可能是自己搞錯了。他上小學時，放學回家剛踏上家的臺階，便聽到母親的喊叫聲。他看見父親在床上，母親赤腳站在地上，挽在腦後的頭髮散亂了，披在身後。母親內衣扣子一顆不剩，她的臉鐵青，眼睛亮閃閃，充滿了仇恨。他再仔細一看，嚇得全身癱軟。母親手裡握著一把磨得尖尖的剪刀，對準父親的脖子吼道，離，不離？同意就點頭，好說好散。不同意就搖頭，不是你先走，就是我先走。

父親沒有點頭，也沒搖頭。他的手伸了過去，企圖奪過母親手裡的剪刀，母親和他廝打在一起。鮮紅的血濺到兩人身上。母親的手被劃傷了，父親臉上淌著血。

母親冷笑說，這是雞血。

父親怔了一怔，你記性真不錯。小小都長這麼大了，你還記得。

當然記得，我不是處女。你非說床單上的血是雞血，虧你說得出口。這一筆帳我一輩子都記得。

這日子沒法過。父親捶著自己的頭喊道。

是你不想過。結婚的晚上就被你的豐富想像想像出了今天這樣的結果。不，是被你導演到今天。

父親抬起痛苦萬分的臉，說結婚那晚他太激動了，瞎猜測，胡說。

母親說，晚了，已經晚了。每個人應該為自己的言行負責。她絲毫不悲傷，也不捂住傷口，讓血滴滴淌了下去，流在地上。

父親用手抹了抹臉上的血，突然起身出門。看見小小，他一呆，但仍走了過去。他一夜未歸。小小整夜沒有合眼，總覺得父親沈重的腳步在房子周圍徘徊。他打開窗，外面的霧湧了進來，江上的汽笛聲漸漸多起來，雞叫了，仍沒有父親的影子。

一週之後，父親突然回來。那夜，小小被父親趕到母親的床上，父親睡在他的小床上，鼾聲大起。母親一會兒起床，一會兒開門，動碗筷，似乎是故意弄出聲音。父親仍睡得死沈沈的。母親穿著木板拖鞋，邁著有節奏的步伐終於走到小小的小床前。

十歲小小才上小學，他四歲營養不良，得了肺病。醫生說沒救了，但他的肺卻自己慢慢好了。他總有一種奇怪的感覺，自己是沒爹沒娘的棄兒。他不合群，故意遠離同學、鄰居和一切他認識的人。他頻頻夢見父親把母親殺死的場面。他被自己的夢嚇壞了，見了父親便垂下眼光，不敢正視父親。

小小給高嶢講述自己的故事，他重複地說到母親將一壺燒得滾燙的開水澆到父親的腳上。父親捂著腳哇哇直叫，從床上滾到地上。他滾到小小面前，抓住小小。「我一點感覺也沒有，要知道他是我爸啊！」小小對高嶢說。

不，你有感覺。你恨你父親，生下來就恨。高嶢說。

小小不承認。不可能，我一直在盼望他對我好，喜歡我，我一直在等待。

高嶢抽煙有個奇怪的習慣，不喜歡過濾嘴，每次必把過濾嘴撕掉。他說這樣抽煙才有感覺。他抽煙厲害，喝茶厲害。那張有疤痕的臉被煙霧遮住，小小看不見他，只聽得見他的聲音。

小小在發抖，他抓住手中的書，像抓住一把稻草。父親突然死去，正如他預想的一樣，他會早早地離開父母中的一個。他猜想在父親吞服大量農藥敵敵畏中毒死亡之前，家裡必是一番真槍實戰。他從那敞開的窗、緊閉的門以及江水一天天往上漲的勢頭，那混淆不堪、夾雜在亂草之中的野花，垂著頭的金黃色的向日葵，看到那一天，父親的剪影，喝敵敵畏的全部動作，閉上眼睛前的所有恐懼。

郵遞員從不多看小小一眼，他一身綠衣，肩上挎著綠包，包裡裝滿報紙、雜誌、信。手裡拿著一札信、電報。他慢慢下臺階，從小小門前走過。

小小想問他有信沒有？但說不出口。高嶢會給他寫信，他把他送走，站在月臺上，他的頭髮天生有點卷曲，眼鏡反射著太陽光，變了色。小小看不見高嶢的眼睛，只看見自己的影子。高嶢在一點點縮小，在火車的鳴叫中後退，小小突然覺得高嶢年齡已經很大，他應該找一個女人結婚，他身邊有那麼多女人崇拜這位大才子，他教的班上就有好幾個女學生一心想嫁給他。他應該有個家，有孩子。高嶢在小小這麼想的時候退出了小小的視線。火車轟隆隆的聲音使小小整天整夜在想高嶢該找一個怎樣的姑娘。小小從心裡希望母親拍的電報是真的，他的父親對他來講，從來就沒有存在過，的確也不存在過。為什麼高嶢不能做自己的父親並找個好女人呢？車廂裡亮著小燈，窗帘垂下，小小看不到飛馳的列車掠過的平原、樹木、田野、房屋、城市。

郵遞員的身影在沙灘上了。小小看見郵遞員過了呼龜石下街那座兩塊石板搭起來的小橋。那兒有兩三個院子相互錯開，一個低矮的纜車道下的洞。他消失在洞口。郵遞員選擇一條近道，可能是那排木房沒有信報紙。小小聽到母親在叫他。他走進屋裡，掩上門。

母親說，小小你能不能換一家店抓藥。我討厭那藥味。她說自己就是渾身無力站不起來。

小小盡可能平和地說，你不能老這樣躺下去。開學我會回去，你怎麼辦？我不能再誤了功課，最後一年了。

再說吧，再說吧。母親不耐煩了。「小小，你上街，就為我買點莧菜，媽喜歡吃這種菜。」

這種菜炒熟之後，那菜湯紅似血，菜葉軟綿綿。小小想母親心一定很狠，喜歡這東西。清明時節莧菜和著大蒜燒，可以驅鬼神，而且一年四季不生病。

這說法叫小小懷疑，但母親總是要求，從不回報的態度使他覺得母親不僅心狠，而且異常冷酷。直到某個夜裡，他突然醒來，聽見母親在說話：「他錯了呀，他錯了呀！」

小小知道母親在說父親。但他不知是不是夢話，就撐起身，掀開一部分門帘，看見母親像小小把她放在床上時一樣靠在床頭，側身對著門。小小感到母親望著門的目光在等待著什麼，她在父親死後那幾天居然一滴眼淚也未掉，街坊鄰居都在奇怪，世上竟有如此硬心腸的女人。不過，世上也有他這麼硬心腸的兒子。小小不祥地想到母親在餘年會這麼一直拒絕下地，會這麼蜷縮在床上，側著身子，頭靠在床上。她的臉不清晰，她躺著的地方一片模糊。

小小努力回想父親的模樣，他很難勾勒出父親陰沈的臉：深陷下去帶血絲的眼睛，閃出逼人的冷氣，鼻子寬大高聳，像個小山丘。那嘴，經常發出令小小仇恨在心的話。父親並不是一個地地道道的生豆芽的小市民商販，他曾是戲劇學院導演系畢業的大學生，他是導演。不管穿什麼破衣，做什麼下等活，抽什麼劣質煙，也不能遮擋他藝術家的氣質。小小想可能父親全然不是歲月雕刻在自己心裡的形象，他可能生得儀表堂堂，五官周正，雙眼炯炯有神，但又非常適合做生豆芽這類活計。父親想做什麼就能做好什麼。小小突然渴望瞧一眼父親的照片。他翻開抽屜，沒有，他打開衣櫃，把櫃子弄得嘩嘩響的聲音引起了母親的注意，她問小小，你在找什麼。

照片。小小硬硬地吐出兩個字。

母親笑了起來。小小第一次聽見母親笑，淒厲又尖刻。他有點芒刺扎背脊的痛感。

「媽，你笑什麼？」

母親停住了笑，用手敲了敲衣櫃，以作回答。

小小蹲在裡間地上，他從母親的笑裡，捉到一絲蛛跡，他發現母親的笑有種勝利的興奮，那藍色的火焰冒得很高，葬禮第二天，在江邊沙灘上，母親交給他一大包東西，要他燒掉。他記起來，除了父親的衣服、鞋、傘，還有一大堆信。有些信是父母的字跡，有的不是，有的一看就是女人寫的，字跡絹秀，叫父親很親熱的稱呼。小小不想看，通通放進火裡。有幾張照片，有父親母親的結婚照，母親沒有穿旗袍，而是穿著一條白色的連衣裙，父親穿著西褲，紮著皮帶的襯衣上繫了根花領帶。小小還看見自己坐在母親懷裡，父親站在母親背後的三人合照。他心不軟，手也不軟，扔進火裡，看著火焰一點點將照片上三人吞沒。自己當時不也感到一種從未有過的輕鬆嗎？

小小突然覺得父親、母親和他自己實際上都非常可憐，他第一次清醒地意識到，他們之間關係的扭曲，是一錯再錯。他小時常常詛咒這個家，怨自己投錯了娘胎。現在他明白，誰也沒有錯，誰都無可奈何，無能為力。燒完父親的遺物，他進了家門。母親很安詳。就像此時此刻，她側著身子、注視著門口神色一樣。她不允許小小門死門，夜裡也不讓。小小發現母親喜歡聽腳步聲，家裡不管來什麼人都高興。到家裡來的人不外乎查電表、看水表、收房費、收水費、電費的人。小小從沒見過來親戚朋友。母親嫁過來後，就和反對這門婚事的所有親人朋友斷絕了聯繫。

母親對小小說，「你聽見沒有，別讓他待在家裡！」那是父親火化後的當天，母親指著桌子上用白布蓋著的骨灰盒，「我看了心煩！」母親告訴小小如何處置骨灰盒的方法。她將痰盂移到床前。小小想那一刻開始，對，就是那一刻，母親便以躺在床上生病的形式對待自己，而不是對待這個世界。

小小看著母親平靜的樣子，她連眼睛也未眨一下，那輕鬆在偽裝與真實之間，讓人難以判斷。他乘船到離家幾十公里以外的長江下游，按照母親指定的地點，將父親的骨灰盒沈入翻捲不息的江水之中。船繼續開著，江水被船剪開兩排白色的浪花。江面上的天空又藍又深，江鷗似乎從江水與天空的空隙處飛出，緊緊尾隨船。這些尖叫著的白色鳥兒經常出現在小小的夢裡，牠們站在小小的身上，用嘴啄他。他關住窗，蓋住床單，但鳥啄破窗框，一群又一群地撲進小小的房間。母親在趕鳥。小小嘴裡叫著他自己也聽不懂的奇怪的話。

小小將飯和莧菜端到母親床邊的凳子上。莧菜的紅色染遍了飯。小小背過臉去。母親津津有味地吃著，連說，好，真不錯。小小，你怎麼不吃？

小小說自己已吃過了！

母親一邊夾莧菜一邊說，「他一生什麼都想幹，但什麼都幹不了。不是幹不了，而是他太丟不開女人。」母親說父親在區話劇團一直不得志受人整，根本不是像父親說的那樣，而是風流事太多。拈花惹草慣了，改不了惡習。

哦，小小驚訝地應了一聲。

你知道嗎？他進過拘留所，要不是證據不足，他就該蹲監獄了。

小小覺得母親醜極了，「他進監獄對你對我有什麼好處？」母親聽小小這麼說，飯菜一下堵住了喉嚨，咳了半天，才緩過氣來。她說，有好處沒好處是他的事，與我有什麼關係？

可是對我關係重大！小小叫了起來。

你。母親擱了飯碗，說小小，你說走就會走的，你心裡根本沒有半點媽的位置。我清楚極了。我老年會很慘，你巴不得我早死！

小小掀開門帘，進了自己房間。他套上耳機，聽小錄音機裡放的音樂。母親的吼叫像蚊子嗡嗡直叫，像一隻最大的蒼蠅。他把音量調到最大。

那個晚上，小小頭一次夢見了父親，父親低沈的聲音似乎在說，他喜歡這長江。他坐在石頭上生豆芽時就想從這兒乘船漂流到入海處。躺在海水裡，隨波浪帶走，不回頭，隨波浪帶到哪兒就到哪兒。

小小醒了，認為父親的話不能當真，父親在說反話，他的聲音太高興，讓人有理由想到父親不可能饒了他和母親。小小聽見母親翻身的聲音，他閉上眼睛，如果再夢見到父親，他一定要問問。小小想有很多問題，很多。但他心裡卻變得很平靜，一會兒就睡著了。

## 4

一連三天，當小小走到呼龜石下街的一大段石梯時，他都感到自己被人注視。他從那兒走下沙灘，那兒有幾株特大的苦楝子樹，夾著一棵黃桷樹。黃桷樹纏繞著彎彎曲曲的葡萄藤，這葡萄藤結的果非常小，而且異常酸，小小的母親懷他時常摘葡萄吃。小小小時常到這地方用彈弓打苦楝子。小小不太相信自己的感覺，他回家後就沒人在乎他。所以他也不太關心周圍的人。小小沒有回頭去看，他繼續下石梯，來到停靠著兩艘拖輪一艘駁船的屯船前的沙石子混雜的江邊。

江水輕輕翻捲著波紋。水渾濁，已漲高不少。但遠處還是有人在洗衣服，石板上堆著揉成一團的床單、衣褲。小小突然發現泛黃的江水中多了一個身影。大概是正午時分，或許由於太陽光造成屯船投影在江面上。總之，小小發現自己站在江水邊，自己那模糊的身影被另一個身影攪亂了，他失去了孤獨的享受。他感到自己的衣袖被人輕輕拉了一下。回頭一看，是個三十七八歲左右的女人。

你太像你爸爸了。小小，越來越像！我聽說你回來了。這女人吐字清晰，露出一口潔白的牙齒，那門牙有點突出，嘴唇微微向上翻，因而嘴唇看起來較厚。

那女人見小小沒什麼反應，說，小小你認不出我了？我叫乃秀。

小小說，我知道你是誰。他的確認出了這女人是誰。乃秀聽小小這麼說，一絲失望擦過她的眼睛。

乃秀的說話聲像柔軟的小蟲子，爬在小小的皮膚上，癢癢的，他覺察到癢中還有火燒火燎的痛。

小小告訴母親，他把骨灰盒從小手提箱裡取出，走到欄杆邊，骨灰盒像長翅膀似地飛了一段，飄飄落入水中，浮了幾下，便沈下去沒影了，江面只冒了幾點氣泡。

他會喜歡那裡的。母親盯著碗裡的藥水，眉毛跳了跳，卻一口未喝。她說她是最了解小小父親的人。

「失火啦！失火啦！」有人在驚慌地叫。

小小跑出房間，見呼龜石下街靠近纜車橋洞那兒有火苗夾著濃煙。他迅速跑出家，對母親說，下街起火。他提起一桶水就往外跑。

圍觀的人比救火的人多，那間平房實際是一個自己搭的碎磚碎瓦的偏房，靠近一個院子旁邊。有人從江邊拖輪上提起兩根水龍頭，往火上澆。火越燒越旺。「沒準鬼老頭澆了汽油。」一個缺牙的老太婆，胖胖的臉，在那兒指指點點。

小小將水澆在火上，火沒有小。有經驗的人說，切斷院子與這個偏房的連接處就可斷火。踩瓦、潑水、噴滅火器，水龍頭一起撲向兩個房子連接處，狠狠搗弄一番，火源果然切斷。消防隊仍沒影蹤，幾乎是在眾目睽睽之下，那間破爛的偏房燒了二十分鐘，成了一片焦土，冒著熱騰騰的煙。

燒完了，消防隊才趕來。人群閃開一條道。消防隊在灰中翻攪了一陣，從裡面抬出一具已成腊肉狀的屍體，「死得好，死得好。」鬼老頭的鄰居在罵，三三兩兩議論，說鬼老頭會使法，他不順眼，見你家來了客人，割了一斤豬肉，便讓你爐子上有明火，但煮不熟飯，兩個鐘頭，米還是米，水還是水，冷冰冰的。「沒想到作法作到自己頭上，」「活夠了吧！」有小孩拾起一個酒瓶，黑糊糊的，卻真的殘留著汽油味。圍觀的人越來越多，遠遠近近的人都跑來了，看稀奇，看熱鬧。

小小提著桶從人堆裡鑽了出來。鬼老頭他小時見過，鬼老頭其實並不像那些人說的那麼壞，他看到的是拾破爛戴，頂掉邊草帽的慈祥的孤老頭，常被人欺負的情景。連幾歲的小孩見到他也吐唾沫，亂罵，扔石子。

「小小，你怎麼不上我那兒去？」乃秀站在梯子口上，她背後是懸崖，那兒生有許多貓兒草、滿天星之類的野草，一根電線桿立在懸崖邊上。

小小站在傾斜的坡上，仰頭對乃秀說，他會去的，可能是這天心情糟透的緣故，也可能是乃秀站的位置，在她的背後那些崖石、灌木野草，乃秀顯得單薄、弱小，臉上是一副讓他感到心裡刺痛的淒楚。小小說，隔幾天，我就去看你。

我知道他跟那些女人是怎麼回事。母親坐在尿罐上，那兒只掛了一塊花布。小小在調自己電子手錶的時間，他用一支圓珠筆按住錶左旁小眼，另一隻手不停地按動右旁的調閥。隔著花布，母親的聲音不斷鑽進他的耳朵。她說，每有艷遇，他便像報捷一樣告訴她，她沒有反應，於是父親便沒勁講了。

刷刷兩聲。母親在撕草紙的聲音。「小小。」小小停止調錶。他將母親軟軟的身體抱起來，放在床上，然後又掀開花布，蓋上臭熏熏的尿罐。他在盆子裡用肥皂洗手。母親在叫，我也要洗手。小小將洗過的水倒了，重新從水缸裡盛了一小盆水，拿起肥皂盒，走到母親跟前，將床邊凳子上的杯碗之類的東西拿掉，放上盆子、肥皂盒。

母親將手伸進盆裡，說，有一次他把一個懷了孩子的女人領回家，那個女人只有二十來歲，比他小一半。我帶她去了醫院做手術。他跑到我面前，跪在地上，讓我原諒他。他在演戲，我根本不相信那女人的孩子是他搞上的。

小小把母親洗臉的毛巾遞給她。母親說，拿那條專擦手的。手臉分不清嗎！

「將就點。」小小沒好氣地對母親說，他像一個奴隸一樣被母親使來喚去。

「就不耐煩了，」眼前這個毫無女性柔情、暴戾、邋遢的老太婆哪一點如他心目中母親的形象？當年母親還有一點乾乾淨淨利利索索的模樣。「媽，你和爸兩個人都太自私了。」

「輪不到你來教訓，你不自私？」母親又躺回了原處，瞪著眼反問他。

「起碼比你們好，起碼自私也是受你們影響，起碼現在我還在這間屋子裡侍候你。」

小小以為母親會氣得坐起來，叫他滾。可是母親沒有，儘管她氣得牙齒格格地銼著響，她也沒有扔出小小想要的那句話，小小悲傷地端起盆子、肥皂盒、毛巾走到旁邊的小廚房裡。

## 5

高嶢仍沒有信來。高嶢這麼快就把他忘了？小小想到高嶢會死，他會被汽車軋死，小小嚇了一跳。草草吃完飯，洗完碗，刷完鍋之後，房間裡彌漫一股中草藥味。爐子上熬著母親的藥。高嶢只是外表像個頂天立地的男子漢，其實內心非常脆弱。小小想到高嶢談到他與自己的許多細節問題，常常發莫名的火，對他不理不睬。「你對我的重要勝過我對你的重要。」

高嶢對小小說，「這是我的問題，和你沒關係！」他拿出一個紅木雕的骷髏，送給小小。看見高嶢那麼喜歡這個骷髏，小小說，別送給我，就放在你這兒。不，路上帶走吧。它能驅邪。高嶢笑笑，說，這當然不是一個像樣的理由，我喜歡這骷髏，因為它是活的，它活著，它會對你說話。

小小看高嶢一副認真的態度，也許這個紅木骷髏真如他所說一樣呢？小小想可能不是高嶢的問題，就他倆的關係來說，難道自己不就是這麼一種人嗎？他不喜歡女人，可以說女人在他眼裡沒有一個是美的、可愛的。他拉開彈弓橡皮，一點不心疼地將麻雀射下來，有隻花羽毛的，不是麻雀的鳥兒，掉在地上，身子直抖動，那副可憐、任他宰割的神態，他一點不憐惜，任一旁的孩子把鳥活埋在凹下去的土坑。我從來就不是一個善良心腸的人，我從來都在對自己說，我不需要任何關心、愛、幫助和溫情。不然，我怎麼可能活下來？可高嶢呢，小小想，高嶢是另當別論的唯一一個人，他不屬於這個世界，應另當別論。

太陽移向屋檐下中間石板路上。過了下午，太陽偏西，逐漸向西山移。早晨當曬的東邊，河風吹來，再喝著涼茶，暑熱便可抵禦了。小小覺得今年夏天一點也不熱，他的房間的窗正好對著江，可以看見江北那邊太陽紅通通一片，在慢慢下沈。反射在窗帘的太陽光，淡淡地映在窗框窗帘上。更多的餘暉掛滿窗外的樹葉。

小小燒好水，將大木盆從母親床底拖出來。母親說，在這個時候洗澡最舒服。小小將水沖好，倒入大木盆裡。他對母親說，好了，可以洗了。

母親讓小小把她的衣服脫掉，然後把她抱到大木盆裡。母親坐在盆裡，手不停地攪動水。小小打心底裡討厭給母親洗澡，他不願和母親有更多的肌膚上的接觸，每每觸到母親的皮膚，渾身就起一層雞皮疙瘩一樣打冷顫。小小想自己根本不是母親親生的，而是領養的哪家不要的棄兒。那次，小小遞水給母親，他有意把手放在杯子底部。母親接杯子時，沒從杯子上面握住，而是從下面接了過來。小小的手和母親的手碰在一起，她的手冰涼浸骨，小小不由自主地搖晃，不是顫抖，而是害怕。

小小細心地為母親擦洗。一手拿一條毛巾，他抱母親時，用毛巾墊著，和母親的皮膚隔著毛巾，使他心安。他左手拿著毛巾按住母親的身體，右手用抹了香皂的毛巾擦母親的身體。母親的皮膚鬆弛，失去了彈性。但母親的乳房卻依然挺立，乳頭紅暈像少女一樣，不像脖子、腰上的皮肉那麼鬆鬆垮垮。

小小想高嶢若在這兒，他會告訴自己該不該給母親洗澡。他願意把心裡的想法告訴給高嶢，連難於啟齒的事也願講。他第一次遺精，是由於那本可恨的《醒世恒言》，就那麼平平常常的故事，秀才小姐幽會的故事。他紅著臉講給高嶢聽。高嶢笑了。高嶢說，我養了一隻貓。

小小問，在哪兒？

就在這兒，在對我說話，一個可憐巴巴的小東西。

小小這才明白高嶢在拿他開心。小小抬起頭，正好看到母親瞧著自己，那目光迷迷糊糊，和平常兩樣，是那種亮晶晶的神色。小小心裡一驚，母親肯定把他當作另一個人了，可能是父親。或許母親與父親非常好的時候，父親給她洗澡，或許母親多次這麼幻想過？

「小小。」母親叫他兩聲，小小才聽見。母親眼裡的亮光已經熄滅了，她說，我和他曾經有過一段開心的日子。我們成天泡在一起。「我對自己說，無論有多少女人，她們只能抓住他的胳膊，他的頭髮，他的腿，他的一件衣物，而他的心在我這裡。」

木盆以前是黑色的，現在漆已掉盡。小小擰乾毛巾裡的水，將一條乾而大的毛巾披在母親身上，抱起她，將她放在已鋪了涼席的床上。

母親自己擦著身上的水跡，說生下小小後，父親不讓她餵奶，讓小小賤生賤長，是死是活由他去吧。母親說他們母子倆都是被拋棄的人。小小將盆子傾斜，盛去木盆裡混濁不清的水後，端起木盆，把水倒在桶裡，提到廚房的水洞口倒掉。

穿上衣服後的母親拿了把扇子，一邊搖著一邊說，我真願是他的情婦、妓女，讓他做我的嫖客，而不願是他的妻子。

小小從母親嘮嘮叨叨的話語裡知道，自從母親點穿父親和別的女人睡過覺之後，父親便再也不肯碰母親的身體。父親睡在母親腳那頭。理由很充足，他很髒，不配和小小的母親交合。

小小用掃帚掃去地上的水跡，想像父親正和別的女人滾在一起，母親說親眼見到他身下是兩個女人重疊在一起的身體，那整齊的呻吟像豬叫。母親下班回來，看見父親正在啃一個狐臭的女人。那些女人不知從哪兒跑來的，洗衣婦、賣雞蛋、倒溺水的郊區農民、附近的臨時工，最最粗俗骯髒的女人父親都要。母親察看自己的床單，看有沒有污跡或毛髮之類的東西，她說，她每天都處於恐慌、恥辱之中，她活得累極了。

小小覺得母親的話不可信，一個藝術家，「前」藝術家，不會這樣搞女人。給母親洗澡，小小意識到母親缺少男人，造成過早的衰老，使他覺得父親有點過分。在他懂事以後，他幾乎從來沒有聽到父母做愛的聲音，夜裡解手，的確看見父母各睡一頭。那時的小小以為理應如此。父親不在了，他看著母親早衰的身體赤裸在自己面前時，強烈地感到自己已不再是一個小孩，而是一個男人，而母親是一個女人。他驟然憶起四歲他得肺病時，躺在床上病得神志不清、吐血的情景。母親特殊的嘆息、混雜特殊的氣味。他打斷母親說，媽，你記得我小時病得快死掉的事嗎？

不，我不記得。母親斷然回答，切斷了一條可以通向他的路。他模模糊糊記得，那一夜母親對他的照料，細心又周到。她輕聲的說話，垂在他臉上的髮絲，那柔軟的手，他本應愛母親的，母親也是可以愛他的。小小看了看忽然陰沈下來的天，悶熱如蒸籠，他輕輕敞開門。要下暴雨了。他想，應把曬在外面的衣服收回來，便出了門。閃電咔嚓一聲炸裂天空，他往後退了一下，便迅速跑到屋外把竹竿上的衣服收下來，跑回家，折疊好衣服，放進櫃子裡。雨點灑下來，不一會兒，屋頂的瓦便響起嘩嘩的大雨聲。一個響雷在閃電之後放出紅光，雷聲極響。他的腿顫抖了一下，沒有孝心的兒女會被雷打死的。母親瞟了小小一眼說。

那沒有愛心的父母呢？小小懶得回答母親。

江上的汽笛在雨中悠長而淒涼地響著，無力地飄過江岸。天空壓扁了歪歪扭扭的房子，人都躲在屋裡或屋檐下，只有一兩人打著雨傘、戴著斗笠。橋洞、屯船、渡口、被雨擊打的江水及江岸上的樹、草。這一切多像一幅陳舊發霉的畫。小小躲進聽得耳朵發疼的音樂聲裡，那比雷聲兇狠、霸道、無恥的搖滾，直奔他最易受傷的地方來，直接射中他最頑強的意志中高飛的鳥，那種甜蜜、濕潤的感覺閃過他，墜入了別人的懷抱。他緊緊抱住腦袋，那是腦袋嗎？不，那是一個球體，容入不該容入的東西，插入不該插入的尖利的餌，他只能順著魚線往不該漂動的方向漂動。雨水濺在石板路上，聲音陌生；聲音熟悉，都使他憂傷痛苦至極。

小小就是懷著這樣的心情站在了雨水裡。雨淋透了他，像錘打石頭那麼不遺餘力，竭盡全力。這是一場小小至今為止見過的最大的雨。他面朝霧沈沈水汽迷濛的江面，雨水淹沒了他穿著涼鞋的腳，從他的腳背、腳趾漫過，這時他聞見房間裡特殊的氣味，在兩支香燃盡的時候，天應該黑下來。可是現在天已如同深夜，大雨如注，還不時夾著幾粒冰雹。

那些應該記載下來的事件和時間地點，都為一種信念所左右，信念熄滅了，而記錄的文字或心靈卻在繼續焚燒那張失敗的臉。當小小無意中看到這麼一本綠硬殼日記本時，睜開的眼睛充滿了驚奇，毫無疑問，那寫得並不規則的字跡，出自母親的手，上面有許多空白，寫幾頁、空幾頁，似乎在一天天失去拿起筆來的衝動，還是心灰意冷已經到了盡頭？

小小隨隨便便翻著。這種閱讀方式只能說明他故作輕鬆，掩飾自己偷看母親日記的不安和自我譴責。

十一月二日。天轉晴。房子。由中心開始鉤織，向外側加邊成圓形，或變化為橢圓形、四方形、六角形，最後為長方形以此中結。拆掉框，用剪子或刀或火。求其自然狀態，以美感為第一標準。

母親編織嗎?小小沒看見過,他冬天穿的毛衣是從商店裡買的。母親記這些幹嘛?莫名其妙。小小罵了一句,又翻到三天之後,只見上面寫著:

第一次十針,第二次六針,進進出出,迴旋針。第三次十八針,針前數數,圓周是半徑的六倍。行行相距、排排相離,針針準確、精致,不可歪,不可亂,不可鬆。

小小越往下讀越覺奇怪,他被吸引住了。

三月二十日。天轉晴。房子顯陰。重複無數次。線纏住針,針勾亂線。穿過圓周,重新添一針。再努力。起針。

母親提到房子、針、線、圓周、晴、陰等等東西。一種本能使小小認為母親在講敘什麼。

十二月二十八日。火,衝上。天轉晴。水平線。水消褪。橫長斜線,邁過其黑框。近四十度斜角，垂直。曲線，淺藍色，深紫。全部去掉，加入交叉、分散。拐彎抹角，繞過。全部染成黑色。放下針，鬆開手。選擇另一種式樣。

日記本最後一頁，是一幅鋼筆勾畫的女人裸體，形體模糊不清，那女人臉朝裡，背對半圓形的牆，臀部尤其大。

小小連續幾天都做同樣的夢：母親坐在床上織毛衣。她對小小說，來，小小，試試。母親舉著一件短小紫色上衣。她喜歡紫色，可能是遺傳基因的緣故，小小也喜歡這顏色。小小未走過去，便聽到母親說，不滿意，不滿意，我就拆了。他著急地看著母親拆毛衣，卻一句話也說不出。

母親飛快地拆完毛衣，開始起針，用鋼針重新織。她沒有抬頭。房間裡流淌著茉莉花香，那香氣非常像從母親身上發出來的。小小從書上看到，夢中是沒有嗅覺的，但他聞見了。醒了之後，他摸著額頭上細微的汗粒，清楚地發現，那是一個上午。幾乎每次做這樣的夢都是上午。難道是自己清早替母親燒兩支香的緣故，燒完香便犯困，便上床睡覺了。不，不，小小否定了。這天上午，小小決定躺在床上，不睡著，他睜開眼睛，揉眼睛，扯耳朵，掐指頭。他在香氣裊裊之中觀察母親，她躺在床上，手縮在薄薄的被單裡，恍若在飛針走線。她的臉冰冷，和夢裡相差無幾。金屬和金屬摩擦聲，絞動他的神經，那是針與針的相遇，那是他無法接受的密切相遇。小小捂住耳朵，從母親床前經過，逃向廚房。他笑了起來，他在笑自己。日記固然怪，但自己太往牛角尖上猜測。自己就這麼神經過敏地就事論事真是太有意思了，去有意簡單而簡單，去為幼稚而幼稚，換言之，是求複雜而複雜。

## 6

傍晚，下雨之後的天空橫掛了一條彩虹。小小跟在乃秀身後。她穿了件紫花的像旗袍的裙子，裁剪合身，顯出她苗條的身段，他們經過纜車橋洞，拐進鬼老頭那焦瓦碎土的廢墟土偏房前一條巷子。這條巷子由低到高，全是石階，巷子兩邊牆上掛滿藤蔓，有的牆粉刷成白色，有的黑色，像被煙熏過。小小想不起這地方。那平房的門都緊緊關著，像沒人住的樣子，異常清靜。在一扇剝落的紅漆院門前，乃秀掏出鑰匙打開門。小小隨她走了進去。

這是個很大的院子，裡面搭著簡易的瓦棚。除了乃秀作為自用的樓上兩個房間，其他地方都堆著裝糧食的麻袋，灰塵覆蓋，蜘蛛網結在屋角。小小跟著乃秀上樓，一隻老鼠叫著在樓板的夾縫裡跑著。這聲音提醒著小小，自己並非作夢來過這個地方，多年前，對，多年前他可能真來過這兒。霉味進入他的呼吸，他在向這些裝著綠豆、玉米、豌豆及麵粉的麻袋走近，但他想不起來。這時，他站在了乃秀的房間裡。這個女人房間的布局幾乎與自己家一模一樣，使小小感到困惑。床、長木椅、櫃子、桌子安放的都在同一位置，只是自己家破舊、是平房，而乃秀這兒是樓上，木牆刷了一半白漆一半綠漆，地板上了清漆，亮滑滑的。從窗帘到床單，從被單到門帘全相同。若不是乃秀站在面前，小小肯定以為是在家裡。乃秀和母親長得很像，脖子細長，彷彿男人一伸手便可擰斷，與母親的老態相反，乃秀生得細皮嫩臉，說話聲音不僅好聽，左臉還有個酒窩，小小想，她若笑，肯定很甜。

「我是按照你父親的意思布置這間房子。」乃秀直言不諱。她說十八歲就認識了小小的父親，那時，她剛到小小父親所在的劇團。

「你那天是不是到我家送花圈？」小小問。

乃秀手輕輕揮了一下，說，小小你記性怎麼那麼差？我那天隨單位一撥人去的。你小時常來我這兒，你好好想想。

小小的記憶又進入那堆發著霉味的麵粉、豆子麻袋裡。

乃秀說，想不起來算了。這時，小小突然冒出一句：你太像我媽了。

「像？是的！見過你媽之後，我才明白你父親所說的是真的。」

小小走到窗前，窗外的景致竟是他熟悉的：江水、船隻，對岸隱現的山峰、碼頭、下渡船的人流。他陡地一驚，倉庫專用纜車下的橋洞進入他的視線，原來這兒離自己家並不遠，剛才自己跟乃秀走了很久，只是繞了一個大圈而已。他向左偏出半截身子，他看到了自己家的房子，那門前長長的石階。乃秀窗前有一盆正開著花的金黃、深紅色太陽花，一盆茉莉，兩株仙人掌。小小不能相信這個事實，如果不是他親眼所見：在不到五十米距離的地方有兩個相像的女人，在兩個相似的房間裡生活，這一切都是因為一個男人的緣故。

小小聽乃秀敘說，乃秀因與父親的事而受到處分。她自己搬離了區話劇團的單身宿舍，租到這個作為倉庫的空房定居下來。他幾乎聽不清乃秀在說什麼，她幹嘛非把自己與父親聯繫在一起？

天空很快黑盡，像一塊黑布垂掛在窗前，只有那太陽花金黃、深紅的花瓣在旋轉，在點亮小小的心中趕不盡的悲哀。乃秀說，你看，我都忘了開燈。她拉亮燈泡。燈光給這間被霉味包圍的房子帶來了些許溫情。

乃秀讓小小坐在凳子上。小小發現一旁的桌子桌面是紅漆，四個腿還是黑漆。「我刷上去的。為了這個紅桌面你父親和我幹了一架。」她說她憑什麼要聽小小父親的，比如她把牆塗成這兩種顏色，把床單換成白棉布，將碗有意打碎，換成自己喜歡的花邊瓷碗。她在菜裡少放鹽多放醋。『你改不了是個醋罈子！』你父親說我，我是醋罈子嗎？我是醋罈子，早就不會隨你父親擺布了。」

小小覺得自己沒法插話，而且乃秀根本不需要他插話。「你父親說我休想與你母親有所區別。但我知道，就是我有意對著他幹，才使他這麼多年如一日地沒離開我，甚至動這個念頭也沒有。我若順著他，他早一腳把我蹬開。」

「他就那麼好，非跟他不可？」

「小小，你不知道女人。為什麼要跟他，我也說不清楚。」她說，這好像一場富有刺激性的賭博，她想贏。

乃秀靠在櫃子上，抽著父親抽的那種劣質煙。燈光之下，她頭髮梳得光溜溜的，但仍然遮不住一臉的憔悴。「小小，以前你太小，現在你不同了，長大了。你會懂得我的？」

小小沒有回答乃秀，他在想像父親一喝酒就跑到這個只能在舞臺上扮演群眾演員的女人家裡，說起母親就控制不住，發一陣火。他不厭其煩地談論母親的身高、牙齒、眼睛的顏色，她喜歡半夜起來穿木板拖鞋，以及她常做的夢。他和一個肥胖的倒垃圾的女人身體聯結在一塊。小小聽到這點直發笑，但他沒有笑出聲來。劇團不讓他搞戲，那麼他就在生活中演戲。別人可能以為他是破罐子破摔。他不知怎麼有點欽佩父親。

乃秀說，他讓我穿什麼衣服，我就知道小小的母親穿的是什麼。他老是打量我，喃喃自語：太像了，太像了。乃秀雙眼發直，臉呆板，毫無表情，整個描述雜亂無章。而小小看見父親把桌上的筷子扔向母親，母親躲開了，卻落在了小小的身上。這樣一個男人怎會答應眼前這個女人生孩子。

你沒有生孩子是對的。小小說。

不，我還後悔。雖然去醫院做了手術。我已經沒有好名聲，我不在乎別人怎麼看。乃秀固執地說，煙已燃到她的指頭，她仍沒感覺。

小小走過去，替她扔掉了煙頭。她的手指被煙熏得黃黃的，手指纖瘦細長。

母親整天不和小小說話。隔著大木櫃，他們彼此能聽見對方翻身的聲音。小小睜著眼，盯著天花板上一隻蒼蠅。屋子裡點著母親敬菩薩的香。小小腦子亂糟糟，睡不著覺。他給高嶢的信攤在桌上，信寫了又劃，改了又改，浪費了好幾張紙，最後留在紙上的卻是他自己也看不懂的文字：房間。巷子。想像是誰在說話。去想像。距離。時間。另一個人。另一個城市。哥哥。小小翻了一下身。母親乾咳了兩聲。離窗最近的一片樹葉，在他的角度看來，那片葉子就要升入漆黑的天空了，侵占所有的天空。小小在這個無風悶熱的夏夜想起那天與乃秀站在石梯，一樁被切割得支離破碎的事通過那緊緊盯住他的眼神傳遞過來。他的手被引導，連同手臂全部進入一個濕漉漉的地方，那地方是他看不見摸得著的洞穴，那地方像吸盤，伴隨著一個女人的呻吟、尖叫、乾泣。他幾歲？他太小了。每次事畢，那女人總說，來，乖，聽話，讓阿姨給你洗手。她端出糖果，他不動。那女人剝開糖紙，往他嘴裡塞。

那天看著乃秀的臉，她天真而又被欲望折磨的臉，他全想起來了，他開始記憶清楚，可能就從那天開始，他故意模糊一切，切斷自己的記憶。小小猛地扭過身，拉開門便跑下了樓。「小小，小小。」乃秀跟在他身後的叫聲讓他害怕，不，膽顫心驚。他只想嘔吐。他想起一次從乃秀的倉庫院裡回家的路上，捉到的那隻黑蝴蝶翅膀上的白點，像一滴滴水那麼晶瑩透亮。這隻蝴蝶在煙盒裡待了一天，第二天被他放出來，撲閃了兩下翅膀便不動了，蝴蝶病了，蝴蝶死了。他把黑蝴蝶擱在窗上。沒一會兒功夫，窗上沒有牠的影子，被風颳走，還是自己飛了？

小小起身把給高嶢的信撕了。在未收到高嶢的信之前，他決定不給高嶢寫信。

外面起風了，風把屋前的箕筐、垃圾、桶、掃帚吹得東倒西歪。舊報紙、塑料袋、爛布片在風中打旋，一條街一條街地掃蕩，然後捲掃在江邊。樹葉的響聲，極像人匆匆忙忙的腳步。小小關好窗，又去廚房關好窗、門。閃電在玻璃窗外劃過，像孩子使用金黃的蠟筆，畫出一些不規則的線條。雷聲轟鳴，彷彿有人在耳邊擊鼓敲鑼。屋外下起傾盆大雨，越下越猛。「今年又要漲大水！」母親沒睡，在自言自語。小小覺得高嶢的身體又硬又燙，又兇又狠。小小在躲閃，如同躲閃窗外的大雨。他想不出理由為什麼要這麼比喻高嶢，他甚至把幼年對乃秀這個作為女人代表的名字徹底抹去。比較自己同高嶢的情感，他認為女人不可怕，也不可愛。有一次高嶢喝醉了，搖晃著推門而入，他的一隻手還握著半瓶二鍋頭，眼睛紅得像被蟲咬過似的，額頭上皺紋像深深的刀口。高嶢那天遇到了少年時青梅竹馬的戀人，這個女人接受過他，但第二天便投入另一個男人的懷抱。高嶢無法忍受這種回憶。他猛喝酒，如同喝白開水。小小沒有阻止高嶢，他讓高嶢喝完酒，讓高嶢說，一直說到高嶢自己累了睡著為止。

那是個雨夜。他為酒醉的高嶢擦臉、脫衣、脫鞋、洗腳，讓高嶢躺在床上，為高嶢蓋上被子。那個雨夜，他睡在床上，讀著一個鮮為人知的詩人的詩集，這個詩人的詩彷彿是專為他和高嶢這樣的人寫的，這個詩人的詩幫助他看清這個美麗的星球其實只具有骷髏般的外貌與內核。小小第一次因激動而流下了熱淚：

你從頭髮裡
找到可怕的記號
那是與數字相對立的
斑點，飢餓的光
上升到臉的邊緣
你看清了，他就是那個人

## 7

石橋街上，一個較為偏僻的拐角處，由於房檐遮住，光線極為陰暗。小小替母親抓完藥從水池子走上來，買了兩斤小白菜，半個冬瓜。他看見那個擦皮鞋的人正縮成一團，頭上戴頂草帽。他坐上空凳，將沾滿泥土的皮鞋伸了過去。小小的皮鞋像涼鞋，鞋面有些洞。風可以灌進去，不窩汗，春夏秋三季都可用。那是高嶢送他的禮物，小小很愛惜。

一隻鞋刷淨了，鞋面發著光亮。這時小小發現刷皮鞋的人是一個殘廢人，行動不便。這個人始終低著頭，用布清除鞋幫上的泥塊，上油後，用刷子均勻地擦抹。小小看不清這人的臉，當他穿上鞋，付錢給這人時，這人不收。小小又遞過去，「不用。」這人悶聲悶氣的聲音使小小感覺他是平平。他走出了十來步回過頭，那人也在看他。十幾年過去了，平平的樣子已難以辨認，但小小感到的是一種和外貌關係不大的東西，那東西使他牽腸掛肚，不忍離去，小小終於還是忍住了。平平不認他自有平平的道理。他的童年屬於平平，有這，就夠了。生活是單向的，不可逆轉。那些歲月，就像房子宜拆不宜修，他終於消失在街尾。

江邊的鵝卵石，在小小和乃秀的腳下沒有聲息地陷進沙子裡。江水拍打岸，屯船上泊著船，江上行駛著船。汽笛，輕煙彌漫飄著雲彩的天空。昨天乃秀送小小回家，一直送到江邊。乃秀說，她對小小父親的死沒有想到，她不相信他真會選擇死。

難道他不是自殺？小小反問。

乃秀忙解釋，不是這個意思。她扯到自己剝皮蛋的事上，她發現剝開的皮蛋沒有松花，「小小，你猜，是什麼？」

「什麼？」

「骷髏，蛋面上映出一個個骷髏！」她說肯定有人用骨灰和鹹包蛋，然後專門賣給她，有意嚇唬她。

怎麼會呢？小小漫不經心地說。乃秀太神經過敏了。她說得有板有眼，把一雙皮蛋扔到江裡。

「你父親自私，軟弱，不可能自殺！」乃秀又把話題轉向父親的死這個問題上來了。小小的手被乃秀握住，他覺得很彆扭，就抽了回來。「你父親，不，你母親對你說過我嗎？」乃秀問。

小小以肯定的口氣回答：「沒有。」看著乃秀失望的神情，他很解氣，心裡很舒服。

這天下午四點左右，小小從外面回來。他剛踏上家門前的臺階，正待推門進去，卻聽到虛掩的門裡有腳步聲。他的頭偏了偏，從玻璃窗帘的空隙朝裡一瞧，怔住了。母親沒穿衣服在房間裡走動。她掀開門帘，像小小父親還在時一樣，探頭望裡面。那雙木板拖鞋被她踩得叭叭響。母親騙了我。在我的面前，她總裝成一個生病需要侍候的臥床的病人。小小想起每隔兩天一次的洗澡，母親坐在大黑漆木盆裡那副神情，他真想一腳踢開門，闖進去。母親站在鏡子前，她撫摸自己，鏡子朝門可以瞥見她如痴如醉，半醒半睡的臉。接著她取出一把木梳，開始梳頭。她的頭髮稀疏，有許多白髮。她梳著，時不時停下，仰臉望屋頂。她的腰並不粗，乍一看，背影像一個少婦，這和小小給她洗澡時感覺很不同。小小不願再看下去，天知道，接下來母親會怎樣做。他想起高嶢，高嶢的手在自己身上的移動，那種心悸瞬間傳遍全身。小小呆站在那兒，什麼都會結束的，自己別去想。

他在太陽照著的街上走了很久才回家。母親躺在床上，「小小，你臉色不好，一身是汗，出了什麼事？」

真是破天荒地，母親居然關心起他來。他說他在呼龜石街上瞎走走，亂看看。

「小小，讓我看看你。」母親隔了一會兒又問，「你見了什麼人了嗎？」

小小沒理母親，走到廚房用水沖洗了臉、身子、腳。他從茶壺裡倒了杯水，喝了下去。

「過來！」母親仍在叫他。她說，「你有事瞞著我。」母親有幾天了都沒和他說話。小小想，有什麼好說的呢？

空氣凝固了，兩人沈默著。小小試著說話，但太難了，他說不出話來。他看見的那一幕使他不能接受。他下意識地想到母親像下午那樣的情形已有多年，可能在父親不跟她交合後便有了，或者正由於她有這種癖好，她不屑與父親有肉體上的關係。小小腦中閃過在另一條街上那間樓房裡，父親與乃秀在床上狂叫的場面。

江心並不是神秘的地方，只有天空才神秘，黑褐色霧濛濛的天空。那兒沒有星光，也沒有月亮。小小抬起頭，長長的石階，山腰上重疊著鱗次櫛比的房子，傾斜，像灰暗的積木，一拳就可擊得粉碎。天應該亮了。這是小小思想最混亂不堪的時候。一根鐵針與另一根鐵針摩擦著，他捂住耳朵，走到自己的行李包前，找到藥瓶，取了兩粒安定，又倒了二粒，全吞服下去，他心靜多了，想，這下可以入睡了。

## 8

門外響起敲門聲，輕輕三下。小小沒有動。母親卻坐了起來。門上又響起輕輕三下敲門聲。小小打開門，竟是高嶢，高嶢一把將小小拉到門外。

「誰呀？怎麼不進來？」母親在問。

高嶢提了提肩上的行李包，向小小遞眼色。小小忙說「一個熟人」，就把門帶上了，走了出去。

他們朝溥船方向走去。江岸上基本住的都是船上工作的船員、水手、下力搬運夫、做各種小買賣的人。歪倒的門前窗前掛著衣服、筐、紙箱。一個二十來歲的青年從他們身邊跑過，緊跟著一個穿紅汗衫提菜刀的人追了上去，後面尾隨著一群看熱鬧的大人小孩。

高嶢一副見怪不怪的樣子，他讓小小找一家就近的飯館吃飯。小小說只有水池子那條街才有飯館。「那好，我也想去看看那地方。」

他們邊說邊走，消失在西斜的太陽光之中。

江邊一塊怪石上坐著小小和高嶢。停泊在岸邊的船上的燈光，倒映在水中，半明半暗的波光淺影裡，小小望著高嶢，高嶢的臉罩著一層白霜。小小小時聽人說死去的人臉上才會有白霜，他的心被揪了起來，懸在半空，七上八下。可是高嶢微笑起來，「小小，為什麼不寫信給我？」

小小想說，我一直在等你的信。可高嶢不是信來，而是人來了。他只好說，「我寫了！」

「我沒收到。」

「我都撕了！」他低聲說，生怕高嶢聽清楚似的。分開這段時間，小小每每想起高嶢，就像是在讀一個已經讀過的小說。他突然想哭，高嶢，你是不會理解的。高嶢沒有看小小，他說，學校裡那幫庸人俗人成天無所事事，專挑事端，他不想待了。他是來向小小告別的。

「你要上哪兒去？」

高嶢拍了拍小小的肩，說南方一家合資企業請他當法律顧問。

「你是說你要走了？」小小仍然回不過神來。

高嶢點點頭，他要小小畢業後去找他。

小小拿著高嶢遞過來的地址，紙條上龍飛鳳舞的字，他一個也未看。

小小只看見掛著寫有「雞姦犯」三個字的牌子遊街的一對中年男人，他和一群孩子跟在後面。他認識其中一人：胖叔。就住在呼龜石中街，常和小小父親蹲在江邊抽煙。公審那天小小未去，但貼在街口的布告卻有胖叔的名字，判了十年。小小猛地起身離開高嶢，他在江邊亂石與沙灘上狂奔，一截水泥石柱差點絆倒了他。高嶢抓住他。一塊岩石遮住了他倆，江水翻捲的聲音飄浮在整座不夜城上空。「小小」，高嶢不停地叫他。停泊在遠處的船上傳來口琴聲，那很蹩腳的曲子聽來格外憂傷。

明天還未到來，明天已經來到。小小問自己是不是在做夢。他絕望地想，這是最後一次了。高嶢把他帶到熟悉的撕心裂肺的快樂之中，他們在沙子和岩石之間滑向夜晚，滑入水中。兩個全副武裝的警察拿著手銬在向小小走來：那輛示眾遊行的卡車，那塊沈重的寫著×××字樣的大木牌等在一旁。

行人咳嗽聲傳來。小小想掙脫高嶢，但卻反而抓緊了他。

9

郵遞員的腳步聲響在門外。小小沒有站到門外去，他趴在窗上，看著郵遞員走過來，這個暑假會很快過去。秋天就要來到。小小想叫住郵遞員，他在郵遞員臉上尋找，找不到自己需要的神色，便轉過頭。郵遞員的腳步聲越來越遠，他該走上呼龜石上街了。

母親那本日記，小小再也未看到。母親把日記本藏了起來，放在他絕對找不到的地方。小小做飯時，發現爐坑裡煤灰中夾著黑紙灰，他猜想，這黑紙灰可能是日記，也可能是小小不能見的東西。

小小走到母親床前，她沒有看小小。

小小真想從床上拉起母親就走，把她帶到那條安靜的巷子裡，他推開倉庫大院的門，霉味湧過來，耗子、蜘蛛、壁虎肆行自得。他敲開乃秀的門。一個和自己長相幾乎一模一樣的女人站在門內。母親愣住了，瞳孔放大幾倍地看著這個女人及房間裡的一切。母親退後一步，扭頭便跑出房間。那發瘋的樣子活像一頭母獅。房間裡窒息人的空氣使小小停止了想像把母親帶到乃秀那兒將發生的一切，其實，對母親和乃秀這兩個不愛他，他也不愛的女人來說，如此做，是公平的。

小小獨自 人坐在江邊的亂石淺灘上。有一釣魚人坐在一塊伸出江面的尖嘴石上。他坐在那兒，直到滿天星光照耀江面之時。

乃秀一杯酒接一杯酒地喝。小小搞不明白自己怎麼坐到了她的房間裡。窗外街上響起「倒桶了，倒桶了！」的聲音，附近郊區的農民挑著糞桶，在大街小巷扯開嗓門大喊。時間迅速地改變一切，又無法擺脫一切。小小從乃秀眼裡看見洗澡時母親眼中閃耀的火花，小小問，你家的那隻小貓呢？

「小貓，牠早跑掉了。」乃秀說著，坐到小小身邊。小小不知怎麼想起多年前那隻小公貓來。那貓總在他與乃秀之間跳來跳去，在床上打滾。小小覺得自己坐不穩了，他這時感到不是酒而是比酒更柔軟的東西倒入了他的懷裡，那是一團火包裹著他，纏繞著他的身體，他快死了，他找不到一條路可以逃走。那纖弱而又有力的手幾乎是熟門熟路地伸進他的褲子，像一把釘子釘在那兒。他慘叫：不，不。

你不行。哈哈哈，你不行。他的兒子竟是這樣的廢物，硬不起來。乃秀放聲大笑。小小往門外退，他看著乃秀，「你是個軟蛋！」她逼近小小。小小意識到乃秀一直在拿自己開心，也在拿父親開心，或者說在報復父親，一如當年。他一下抱住靠近自己的乃秀，把乃秀重重扔在地板上。乃秀甚至來不及掙扎便被他壓在了身下。他一邊剝她的衣服，一邊罵，那些話是他從小看到街上人罵街，潛移默化後的作用，骯髒到令他自己吃驚的地步。他有意不插入，他讓乃秀看，老子英雄兒更好漢。然後他把乃秀擱開。這時他聽到了乃秀低低的抽泣聲。他俯下身去，仿佛要看個仔細，乃秀一耳光重重打在他的右臉上，雙手抓住他。門外哐當一聲，像是什麼東西落到地上的響動，接著樓梯上響起一串腳步聲，越來越遠。

夠了，夠了。你給我滾。乃秀喊道。她那件猩紅色的裙子已被小小撕得一條一條掛在身上。乃秀本是小小最不願見的人，小小明白自己根本就沒忘記她。他說，我就會走，別急。小小一副流氓無賴的樣子，說，不是你請我來喝酒的嗎？我得喝個痛快呀！

乃秀看著小小，說你真是你父親的翻版。

小小拖著重重的身體，走在悶熱潮濕的巷子裡。

吞噬我吧，我恨你。誰的話？高嶢或是電影裡的一句臺詞響在耳旁。

黑夜，乘涼的人都回到房間裡去了。這個夏天實在不太熱。小小覺得高嶢並沒有離去，而是和他走在一起。你來去無蹤，你使我成為這樣一個自己討厭的人，我不知所措，將不知所措下去。他想他得回家。家在哪兒呢？小小扶住牆，他迷了路，這條巷子深不可測，石梯向下傾斜，又窄又陡，一個人也沒有，一條狗也沒有，一個鬼也沒有。

小小醒來時，街上已有路人走動。他在一戶家門前的二級石階上睡了半夜。酒意卻尚未完全消散，他腦子一片混亂。

臨近家門，他聞到敬菩薩的香的氣味，淡淡的，使人恍恍惚惚。太陽沒有升起，天陰，雲卷成一團，看不出是要下雨還是不下雨。橋洞下有挑伕提著扁擔、繩索，從纜車旁的石階跳下，那兒有一塊栽有樹苗的土，半截牆。

踏上家門前的石階，他推門。門推不開，似乎是反鎖了。母親生氣了？或是等到了什麼？母親對他的一夜不歸似乎並不在乎。

小小繞到廚房的窗前。窗子未關。他踮起腳，撐著窗臺，上了窗子，進了廚房，但廚房門緊關著。小小覺得母親太過分了，自己是成年人，她管得太緊了。他用勁撞門的同時想起昨夜裡發生的事，乃秀門外奇怪的響動。那腳步聲，如果不是別人，而是母親呢？母親根本就知道乃秀，而且對乃秀的情況一清二楚。自己低估了母親，還設想將她帶到乃秀那兒？這時，小小和廚房門一起倒在了地上。

小小從地上爬了起來，他看見母親躺在床上，心裡鬆了一口氣。

他走近母親。叫了兩聲，母親沒理他。

他扳過母親，那是一張燒焦毀壞的臉。他慘叫一聲。一股刺鼻難聞的氣味湮沒了供在瓷菩薩前的香的氣味。他扔掉了那散發著鏹水味的瓶子。母親撞破的頭似乎已停止流血，但她的半白的頭髮、枕頭、牆上都有點點斑斑血跡，小小不敢想，毀掉自己臉的母親是懷著怎樣的心情，她甚至可能端起鏡子看自己沒有臉的臉，撞牆而死？母親性子烈，忍性之持久從她選擇這穿在身上皺皺的紅裙就可以想像，紅裙散發著樟腦的氣息，邊上顏色漸褪。母親或許就是穿著這件裙子坐在渡船尾的椅子上，與小小的父親認識的。

小小手一揮，瓷菩薩摔在地上，看著它東一塊西一塊碎裂，他想哭，可是哭不出來，他想笑，但也笑不出來。他緊抱自己的頭，慢慢順著櫃子滑在了地上。

江邊的綠草變黃了一些，爬滿了沙坡。清脆的汽笛一聲聲響在空曠的沙灘上。母親一個字一句話未留就走了。他取出母親的骨灰盒。兩三隻江鷗貼住船舷在叫著，在陽光中閃爍。只有天空才是神秘的所在。母親的骨灰盒沈入江中，浪花朝四周翻捲，散開，陽光一下聚積在那片江水上，刺眼的白光在擴大，漫衍。小小感到母親在笑，朝父親？朝自己？那種笑非常含糊，分不清是愛還是新的戰鬥揭開序幕。他對自己處理母親的骨灰盒動機卻非常清楚，他認為自己是一個棄兒，從來都是這樣的命運擺在面前，既然母親說父親喜歡江水，那母親也會喜歡，不然她不會這麼說。

幾天幾夜過去了，小小打開了閉著的門。這時，他聽見了郵遞員的腳步聲。他站在門前，郵遞員朝他走來，又離開他而去。

一個陌生男人打開剝掉紅漆的大門，他堵在門口，問小小，找誰？

「乃秀！」

「她不在！」

小小問這人，乃秀什麼時候在？他很納悶，這人怎會在這個院裡？那人說，「她搬走了。」小小又問，你是誰？那人說他是看倉庫的管理員。門被吱嘎一聲關上了。

是的，該是她離開的時候了。小小走到路上想到。這一切像個夢。或許真是一個夢，這個世界上根本就不存在乃秀這個人，也不存在父親、母親和他，這一切究竟是在哪個環節出了差錯？

他晃晃悠悠沿著一排又一排石階走到江邊。長長的石梯延續著，他走在上面，什麼也看不見，什麼也聽不見，江水打濕了他的小腿，浪襲捲過來，他的褲子濕透了，他想起父親給他取的名字「湫」。哦，父親，對不起，我不想讓你失望，但只得讓你失望了。他不想成為沒人認領的「水打棒」。「水打棒」被親人認領時七竅出血，染紅的江水在漫延。他在心裡狂叫著：沒有任何東西能擾亂我，讓我屈服，使我狂喜、感恩、熱愛，也沒有任何東西可以驅使我去恨、去報復，結束自己。

小小坐在母親空空的床上。整個房間在寂靜中警戒著他的一舉一動。他沒有開門窗，沒有點燈，黑暗中，往昔的歲月從他身邊悄悄流過，而他將以沈默對抗。

街道委員會來通知，說這裡的房子終於要拆了。

小小繞著房子走，腳步聲清晰地響在剛下過雨的新鮮的空氣裡。他抬頭看見通往江邊的街上的行人裡，好像有一個熟悉的身影閃過，他不想叫住這個人。他轉身把房門鎖上。

# 重返現實

## 閣樓

她不怕鬼，她屬虎。媽說她殺氣大、八字大、命大，可以壓邪。她不怕，是因為她沒有伙伴，從心靈深處沒有親人，沒有父母、姐妹、弟兄。孤寂之中，她寧願有鬼的存在，而不願相信它不存在。

一個人待在只有六平方米的閣樓，想著想著便睡著了。一陣風，傍晚的風吹進木門、昏暗的天窗，幾乎抬起了床、破爛的牆。一個白色的影子站在門外。

她使勁頂門不讓影子進來，她頂不住，風把她捲回床上。這團影子一晃而過，立在屋中央。長長的頭髮，遮住臉。

扯過被子，她發現自己抓住的不是被子，而是一隻冰涼的手。她和那手拉扯，醒了，睜開眼睛，沒有風，沒有白色的影子，也沒有冰涼的手，但緊閉的門卻敞開了。這件事發生在她四歲那年。

二姐在閑聊時說夢見過一個白色的影子，還看清了臉：綠眼睛、長舌頭垂在胸前。二姐說太嚇人了。二姐說的和她見到的一樣，所不同的是她未能看清楚。鄰居說，那是個好人家的千金小姐，被逼死了，冤鬼啊！還補充一句：這個院子是她的，她是一個有錢人的外室。那座小院是很別致，天井奇大，有水池、花木茂盛，雖然已經破爛不堪了。

她偷偷躲在樓上，聽他們在堂屋裡說話，漸漸進入夢鄉。

這時，門大開，一個滿臉是血的漢子闖入。她嚇得一下站了起來，趕緊拉亮燈。這個漢子是那有錢人麼？太可怕了。從此後，只要是一人，夜裡，她不會熄燈。她知道跟以前的夢相關，她房裡的燈一直亮到天明。

第二夜她又夢見這個滿臉是血的漢子，他是衝她來的，他一步步朝她逼近。鄰居老太說她長得像那個千金小姐，他把她當那千金小姐了。漢子伸出十個手指企圖抓她。她躲閃不及，她和他扭打在一起，難分難解。

她把他打倒在地。她相信媽說的她「三大」，即殺氣大、八字大、命大。醒來，她渾身上下全被汗水濕透了。但她再也沒有夢見過白色的影子和滿臉是血的人。鄰居老太說，遇上不好的事，一定要贏，才能平安。可能是這樣，反正，她的夢再也沒出現過白色的影子和滿臉是血的人了。

歲月變遷，幾經生活陡變，再回到童年住過的小院，她偶爾能在深夜之際，聽到像人又不像人的聲音，達達達達響在房子四周。還有笑聲哭聲，悠長，淒厲，持久。她想這不是人而是鬼。鬼也有喜怒哀樂？鬼不是煙、霧、幻覺，它有血有肉有痛感，是實實在在的東西。在你想它意識它的時候，它就存在，就在你四周、面前。她適應這種陰氣重的環境。在人和鬼兩者中選擇，她寧願夢見鬼。做人的可悲，只能在幻想中領略自由。她不否認她的這一觀點。別人看她，說她鬼氣重、陰氣重，名字也是如此。

她對此打個哈哈，一笑置之。

## 紫紅色

在院子的後部分，就是那個從良的妓女住的一頭，有一個陰暗的走廊，通向大廚房，然後才是進入天井的過道。

走廊結束的地方，有一梯子通向院子的底層，向下走四十級臺階後轉彎，朝右又走四十級臺階，到達小院的底層。住著三戶人家。那兒有一道小門，在院牆呈弧形處。從小門出去，有一個籬笆圍成的園子。園子裡有三棵葡萄樹，順牆一條水溝，下雨天，水才急急地流。葡萄樹上的葡萄長得大又甜，但不屬於小院所有，是鄰院一個姓尚的人的。葡萄樹一年比一年長得好。院子裡的婆婆嘴湊在一起神秘地說，是尚家三個兒子魂附在樹上，樹成精了。夜裡就跑到街上尋人喝人血。那表情神態跟親眼所見一般。

尚家三個兒子在武鬥中互相打死了。家裡人都瞞著尚太太。隨著葡萄甜美因緣的傳言日益頻繁，謊話之薄翼被拆穿。尚太太一夜間頭髮變得灰白，一把一把的掉。她依在門前，眼睛直盯江面，幾個鐘頭都不動一下。第三天清晨，家人發現她吊死在葡萄樹下，用一段白綢。

大人們不去樹下，孩子們也不去樹下，白天也這樣。那些婆婆嘴說是三個變成樹精的兒子找了他們的母親。人們對葡萄樹的恐懼逐漸發展到誰提它就翻白眼，噓地一聲制止。

少女坐在園子裡。綠而肥的豬兒蟲從樹上掉下來，蠕動著蠕動著，她一隻隻抓過來放在跟前，排成一線，疊成一個小丘。樹上葡萄熟透了也沒人敢吃，掉了下來，砸在她頭上、肩上。少女向上望，脖子伸直，頭往後仰。葉片呈紫紅色，樹皮呈紫紅色，葡萄也是呈紫紅色。少女揪住自己腦袋，在樹前的一塊石頭上撞呵撞。她好像看見一條絲綢在隨風飄動，跟夢中見到的那個白色影子扼住脖子的一樣，跟尚太太扼住脖子的一樣。少女的腦袋破了，在流血，跟樹皮葉片果實色澤一模一樣。她早晨已感到下午會遇到什麼，果然遇到了。她用血在黃色的泥土上畫著畫著，一些線條，一些色塊。她當時不明白，那就是詩，最美最奇特最自然該稱為詩的詩。這是她的第一個作品，它留在那個陰霾的下午，滲入泥土，任風吹雨淋日曬、電擊雷打，沒有讀者，也不需要讀者。

那扇通向葡萄樹的門因為這件事發生，從此被鐵釘釘死了。那水溝水依舊，但響聲變得急切、狂燥，隔牆一聽，好像溝裡的水隨時都可能上漲，沖上來湮沒門、窗、梯子，湮沒一切。有最驚駭者提議，留水溝幹嘛？遲早會壞事。於是水溝順理成章被填平、封住，另外引了一條道，繞過小院通向別的地方——他們說那地方通向河流，天堂之門；少女卻說，那地方通向詩歌，地獄之城。

## 訪問

她多次隨那個少女到過小院的底層。那走廊在天暗後，在多少年後，更加黑暗，陰森森。尤其是通向底層的梯子轉彎處，腳踏在上面，聲音極響，一腳一聲，像有人輕輕跟在身後。

她的心怦怦亂跳，眼睛閉上，什麼也看不見，便什麼也不想，便也不怕。這樣走完漆黑的梯子。

在釘死的木門前，她摸著生鏽的釘子，想像那些人釘門時的神態，她的手滑落下來，垂在半空。

門外的葡萄樹該掉葉了，還是已發新芽？上面蠕動著綠綠的蟲子，和慘白的天空相比，她更愛回憶少女的手把蟲子排成一線、堆成小丘時的快樂。

## 給痛苦加一勺糖

她同時使用自己的頭腦和四肢，不覺得累。她呼吸緩慢得恨不能立即死去。

像一臺機器，你們就這麼開動著我麼？她的心叫喚了一聲，平靜下來。

我不是一個冷血的女孩，我的淚水深似海洋。會為一些人掉淚哀悼，為一些相識不相識的人，為一次相聚、一次離別、一枚星的枯萎、一隻無辜受傷的鳥兒傷碎心。她對自己說，我真會這樣嗎？會如此支持不住自己的身體、靈魂？是的，我需要一種依靠，哪怕他是他，像仇人般的他。

忘記可以，寬恕卻不能夠。

她記憶中母親死得很慘。因為有一個沒心——被魔鬼偷走的丈夫，有幾張嘴要吃飯要她養活。母親生下她就外出做工，什麼髒活雜活重活苦活沒幹過？為了活命啊，僅僅是活命，在那自然災害時期、人為災難時期。她出生在那時，六二年，她不會忘。

她痛恨石頭，不願再看見石頭。

母親在工地上抬石頭。另一塊石頭從坡上滾下，剛好砸中母親。

她從未想到過母親死，母親也沒有想到。那件洗得發白的藍布衫，顯得母親臉年輕、時光倒轉到母親最美麗的時刻。

母親離去那年才三十歲。那個傍晚，太陽格外紅、很久才落下山去。格外紅，那天的太陽。她就是要在這兒重複，逐漸加快，像音樂冉冉飛升在空氣之中：格外紅格外紅格外紅。

她寧肯死在母親前頭，以她的死換回母親。對別的人，她卻常常詛咒希望他們死不安寧、生也不得安寧。這抑止的痛苦，怎麼得到解脫？我是災星，我可以導致人死亡？誰這麼謾罵過我？

該死的都死了，活著的依然活著。父親、母親是活著還是死了的好？如果死亡是一種肉現象，她更願相信它的精神作用。悲或不悲，在於你怎麼看待死亡。

她對母親的骨灰盒輕輕說：你死了，比活著強！因為這畢竟是一種改變，迫不得已的改變。

## 不寫自己

她寫過母親，總是一張破碎的臉。她也寫過父親，寫父親時，她的手握不住筆，寫出的字跡，在方塊格子裡，怎麼瞧，也不像字。而她有一點是清醒的：絕不寫自己。

她的小說或詩僅僅停留在與自己有某種內在聯繫的皮表之上，離自己有一副梯子那麼一段距離。梯子是活動的，移動的點，構成別人的一支完整曲子，卻不是她的，一絲一毫一分一釐也不是，她在別人的曲子裡輕快或憂傷地跳舞，她不需要觀眾。她認準了這條路，並終生堅守：我絕不允許自己加入。

在她寫作時，她看見自己——另一個她在面前站著、躺著、跪著，不幸的記憶造成這種那種姿式。這個她只穿黑衣或紅衣，只選擇枯樹、懸崖、白骨、大海、黑暗作陪襯。她的表情是一致的：不哭也不笑，臉是酒和縱欲留下的痕跡，比皺紋還深還明顯。她本身就是一種存在、一種精神、一種呼喊、一種憤怒和對勝利充滿輕蔑的失敗。她這樣寫了許多年。從不把手稿拿出發表供人觀賞，那是寫給自己的，待世界毀滅之後，需要她這樣的人復活之後，她陰森森地說，如果他們還在，她會再往下接著寫，那時，她會寫自己。

## 弦斷

那年，這個青年女子幹成了她最想幹的事，最想實現的事：離開故土。

在路上，她救了一條臨死的狗。狗，灰色的毛、眼睛藍藍的，牠乞求的目光，閃著淚珠。她不能不救牠。

她用鹽水洗牠肚子上的傷，然後用藥膏紗布包紮好。給牠餵水、米飯。一段時間過去，牠傷便好了，和女主人形影不離，異常親熱。

這條狗只有三隻腿，很奇特。會跳凳子舞、鑽圈做遊戲，會在院牆上打滾，讓女主人開心。

她喜歡牠，在夢中也曾牽掛牠。那時她還沒遇見什麼人更沒愛上誰，還沒與人結婚。在她早期的寫作生活中，牠幾乎是唯一介入了她創作的生命。那些並不多的文章裡她描述牠跑、站、臥、熟睡的樣子，像獅子一樣吼叫，像男子漢一樣護著她。她滿意自己寫下的那些帶著火焰的抒情句子。

日子一天挨一日逝去，一個偶然的時候，她背一陣酸痛，猛然感到身後有什麼異樣的東西釘在背脊上。轉身去看，是三腳狗，牠露出尖利的牙齒，眼的藍光冒著兇氣，看見她，忙掉轉頭，但她已看見了。

最初，她以為自己看花了眼。但如此情形發生了好幾次之後，自然引起了她注意。牠偷偷斜視她的模樣，令她打了個冷戰。牠分明是要活吞我?!

青年女子不忍對狗做出任何反擊的舉動。她對牠還有某種理不清的東西，暫時可歸為憐意。於是她便求人把牠帶到郊外，乘公共汽車也要兩個多小時的運河邊。心想，這下可以安然入睡了。

但當她這麼想的時候，她就錯定了。過了一段時間，三腳狗便無聲無息回來，帶著怨恨的神情。

她又求人把牠帶到另一個城市的叢林之中，但牠還是找了回來。她也來勁了，讓人把牠帶到海那邊，大洋另一端。

沒用，牠還是回來了，眼睛裡連怨恨也沒了，她知道，那已不是怨恨了。她的憐惜從心裡掉下地，摔了個碎。

牠繼續牠的工作，盯著女主人。她到哪裡，牠便跟到哪裡，無論多遠多難找的地方，牠是嗅著她身上的氣味尋著她的。

小時聽人講過的故事：有一個人收養了一隻在門前快餓死的貓。這貓是妖怪變的。主人察覺後，搬了幾次家，貓都找到了。最後主人逃到廟裡做和尚，本以為佛可以保佑他平安無事。然而，就在他到廟裡的當晚，他還是被這隻貓撕來吃了。原來那廟就是貓變化的。

聯想三腳狗，她停止回想小時聽來的故事。她愣住了。為這狗鍥而不捨，不達目的不罷休的性格所震動，還是為自己擔憂？狗產生的特殊氣息籠罩住她，令她昏眩、頭痛、耳鳴、胸悶。她終於躺倒在床上。哪兒也去不了，也不想去了。

她希望牠立即行動，別猶豫，讓她死去。這樣很好，總比死在人的手裡帶勁！

她討厭自己，從明白人世間一些事後，她就討厭自己，渴望死去。她是多餘的，既然不該來到世上，又何必留戀世上呢？

狗永遠是狗，不管你多麼喜愛牠！她將寫滿狗的紙片點燃，看著火焰一點點吞沒，成為灰燼。她懷疑先前呼喚自己的聲音，一遍遍叫自己名字的聲音是這狗的作為。這狗會不會是那些死去的人變的呢？

掙扎起身，她在房間四處畫滿紅顏色，能畫的地方都畫了，連燈泡也不放過。紅光飛濺，穿牆而過。這紅不是血的紅，是真正的紅，是能壓邪驅惡的紅。小時居住的野貓溪，每逢死人，門上都貼有紅紙，鏡子對著紅紙擱在五抽櫃上。鬼一見就逃開。人們對此法，深信不疑。她此時也深信不疑。曾經扳著手指算過，從那個從良的妓女開始，她彷彿敲開了死神的殿堂的大門，小院就開始接連不斷死人。母親、父親、芹媽、芹媽隔壁的石老頭、灰爺爺，然後是小虎子。臨近的其他兩個小院，幾乎沒有一人死去（除尚家外）。她的小院與那兩個小院從不往來，雞犬也不往來。一年不到，小院就相繼死了八人：自殺結束生命的、意外死去的、老死的、暴病出事故的……總之，死法不一。一共十三戶人家的小院充滿了死亡芬芳的氣息。那些領略不到這芬芳的人，驚呆了，求神拜佛的求神拜佛，搬家的搬家。像秋風掃過一樣，最後剩下的住戶只有她和另外兩個孤老頭老太太。

天意如此。在她耳邊響起這些腳步聲時，她想起父親眼含的目光、狗眼含的目光，太相似了。父親不會讓我寧靜地生活，他不會讓我把他徹底忘卻。

不會忘卻。是的，但束手待斃麼？她磨好了菜刀，放進被窩。佯裝熟睡。

燈亮起，整個房間在紅色裡旋轉著。狗踏著地板的聲音響在門外。她知道牠來了。猶豫？半分鐘之後，門敞開，牠站在門口。天！牠不怕紅，逕直走到床前，露出抑止了許久的尖利的牙齒。緊接著，牠一躍便到了床上。

牠倒了下去。

她的刀上有血，牠不是妖怪，也不是鬼，鬼和妖怪都沒有血，而她把牠當作它們殺死了。牠或許不過是想上床和她在一起，牠不過是離不開她、占有她而已。她卻把牠殺了，跟多少次在夢裡把父親殺了一樣。她自我安慰，那不過是為了自衛？很好聽，也很冠冕堂皇。狗和父親都這樣：到死的一刻，眼睛裡的咄咄目光，才轉為傷心溫柔的一瞥，注視著她，讓她立即放下所有的武裝，癱軟在地。

# 一筆糊塗帳

這是真實的，不是夢裡的經歷。她強調說，雖然她不再擔心落於險惡恐慌之中了。狗死了，被葬在地下三尺，與老鼠、蛇、蟲們作伴。但狗散發的氣味仍環繞著她，她輕鬆不了。那氣味被這世界熏染，再也不清潔了，形成一種牢固的可侵襲人意識的暈旋劑，誓與她結伴一生。並讓她一生一世都要沈醉於這個虛擬的敵人懷抱之中。

她離不開，她在掙脫，在搏鬥，她的心在渴望自由。

她是贏家，即使敗的是她。她是不倒的，猶如盤桓在大地上的一團風，無時不在，無時不有。父親、狗，一個個他所代表的現實，無論怎樣使出七十二變功夫來侵犯她、攻擊她，置她於死活之間，想死死不了，而活呢，又活不成，她都不會屈服。

她坐在花園裡。

這是個春暖花開的上午。陽光照耀在她剛寫完的一篇與狗有關的文章上面。陽光把字跡變得淡泊、清雅、冷靜，如白描。這天下午，她畫了一幅父親坐在藤椅裡的畫，空白的眼睛，如中世紀的雕塑，卻更加具有容忍、強悍的氣魄。她的心隨這幅畫變成一片燦爛，無論從花園的哪個角度來觀望，都會產生這樣的效果。

我不怕惡、狠毒，我不怕無情、冷酷、仇恨，她對著父親的畫像說，我只怕感動、柔情、溫暖和愛。一觸及這些東西，她身上的鋼針，瞬刻間便變為嬌嫩濕潤的綠草。空氣新鮮，風兒歌唱，窗櫺一個接一個映在夜晚，裝飾著夢。

她深深地呼口氣，一定會有個人，懂得她，和她想的一樣。可那個人存在於這個世界麼？

## 愛情像胡蘿蔔纓

他在哪裡？

這樣的男人不該存在。我要求自己這麼想，不存在就沒有一切。

不存在，我還是這麼生活。

不存在，我不會睜開眼睛，發現自己也不存在。不然不是我毀了這不存在，便是他毀了這不存在。

我不會對任何一個男人說，你好，你真好……帶我走！離開我……蹂躪我吧！直到我沒有一口氣……我恨你恨你！你是什麼，洋蔥汁，壓榨淚和血的機器！

水這麼清澈，草這麼肥壯，這麼碧綠。昨天的陽光裡有個濕漉漉的嘴唇，穿透衣服，親吻著我，好，真不錯，就這樣朝下呵！

風和聲音——鳥叫、汽車急馳、荒野上轉動的一架架巨大的風車，讓我衝動。我把手放在眼睛上，遮擋親吻，遮擋自己身體變得僵硬。還需維護麼？我閉上眼睛，用眼皮去抵擋一個強有力的進攻對象，那對象已連成一個軍團，布下天羅地網。我深深地陷入其中，不能自拔。如果這是愛情，愛情就會拿去我的清白；如果這不是愛情，那麼，我的清白就是罪過，不放過我。

遠處是什麼在閃動？

是溪水、鬱金香、山巒起伏的倒影，一圈圈的線條，是群山之巔的城堡、地平線波浪一般漫開。近處是什麼在喧騰叫吼？殘殺，血飛濺？還是用橡皮擦不去的鉛筆字跡，那麼小、弱，跟掉下岩石的轎車，跌在車輪上的金髮碧眼，不一樣的皮膚，一樣的冒著熱氣的血液。

我臉色發白，微笑深藏在臉後、牆後、從空氣中抓來堆成一副面孔的灰塵後。像從前的月光，瓶中唯一開放的一朵山茶。一切都在手兒裡捏著，現在就在手兒裡捏著，就如同它們被上天的魔杖點成一支筆握在我手中一樣。

我之所以拒絕這樣的安排：扔下筆，之所以看見那一切，是由於我無法將過去與那些粉紅色隔開，是由於那些粉紅色即是一個不能維修的頹廢的時代。它像羊腸，像胡蘿蔔纓，唯獨不像我傾心的不存在。

## 追述

有意穿一身蘇格蘭民間服裝，格子呢裙，拿著一個祖傳的排簫，為她演奏，他看她，用熟悉了幾千年的目光。

她知道他開車穿越好幾個城市，從北到南，僅僅是為了見她。

他變了一個人，他本來也許就是這類人。或者說她本來就是另一類人。意識到這點，不知為什麼，她痛恨起自己來，直到他不在她的身邊才止住。

一身冷汗，像從惡夢中醒來。床那邊櫃子上照片卻變了姿容：一個女孩子，歪著腦袋，舉著右手，甜甜的微笑掛滿了一層白霜似的東西。彷彿在替女孩說，我想衝破玻璃，衝破這個框住我的枷鎖！

但願這不是一個錯覺。

她站在走廊。是的，她一直就站在這兒。床單雪白。如果用紅色。他提議。不，千萬別這麼說，連想都別這麼想。她表示，紅色，若大面積，就有一種趨向黑色的勢不可擋之氣。她談起剛才那一瞥，對照片的感覺：

「她一身紅衣，連髮帶和鞋都是紅的。」

他認為她吐詞不準，牙齒咬破了舌頭。

不能再見血了。她對他，在這刻充當心理病醫生的角色說道：我曾開始用血寫詩，現在怎麼還能用它呢？我對它的敬畏猶如敬畏白日之光、自己的眼淚。我就像黑夜及黑夜所包容的一切，這麼多年來，這是我唯一從歲月中討還的東西。

「她一身紅衣，臉上全是霜、霧，故意隱在其中……」

她顛來倒去，又轉到那照片上去。

他用手輕輕拍拍她。

於是，她停了停，未緩過一口氣來，便又接著說：我想嘔吐，感到骨肉正從身上分解，真痛不堪言。她說她曾是個苗條、快樂的姑娘，現在卻是這麼個臃腫未老先衰的女人，並且比年少時更易受驚嚇，更易被欺辱，更易被玷污而無能做到自尊自衛自救。她說她不懼怕，這點矛盾你能理解嗎？

他點點頭。

她接著說，她不懼怕，是因為她的骨頭堅硬。而你不是我的第一個男人，但有可能成為最後一個男人，你想嗎？

他點點頭，繼續拍拍她。

她說他是這樣從精神上充滿她的心的，然後才是肉體。

他俯下身，臉緊挨她的手。她小巧的臉瘦弱的肩掩飾了她，像她寬大的衣服掩飾了她一樣。只要把這些表皮去掉，那個原來的她就回來了。

她搖了搖頭。別遺憾，你我談的都是內在，但這內在卻不一樣，我的內在是一種看不見的東西，你的內在是一種尋得著的東西。她說，因此，她渾身都是洞穴，陰冷的濕氣。她這些洞穴需要填補些什麼，栽種些什麼，跟得到些什麼是兩碼事。陽光、水、空氣、耕作、守護、祈禱、虔誠、始終不一的堅貞——這一點令人發笑！不，不，不是這些，至少可以說，不光是這些，有這些還不夠。

她想她有的是時間，足夠死亡的時間，卻單單沒有片刻閑暇，擁有青春、愛情和歡樂。

她曾奢侈她失去的富有，任意揮霍它們，以至於從沒有過，也不會從哪一個異性或同性身上尋找到一丁點的滿足。她曾清水一樣寧靜的臉龐、敏感易碎的神經、深淵般存在的身體，本身意味著造物主造她時的錯誤。在權利靠向她時，就拖著長長的悲哀：一個女人，不該有這麼多完美、銳不可擋的思想。

## 短途

占有和被占有，麻木和被麻木，相提並論，一起存在。她只能面對而不能閃避。

她在床上一動不動。她經常居於房間裡的狀態。眼瞧一空地、天花板、牆，或沒有景致的天空。誰走近她，叫她喊她，她也當沒看見沒聽見一樣。待到一種極其平淡的想法，在所有的想法後，她眼珠子便開始轉動，眼睫毛像小刷子一樣梳理著自己。那個想法，就是她脫光了身上的衣服，不受干涉，不受攻擊，不受罰懲，獨自一人在空曠的廣場、橋橫跨河流的繁華街道、花店、古玩市場、玻璃大樓間裸著身子，來來回回走動，目光柔軟，手像樹枝那麼張開，身體像叫聲最動聽的一隻鳥那麼飛翔，一直到太陽落下河流，才回家。

她願意這樣，她才從心眼裡瞧不起詛咒她這麼做的人。

有一個月的時間，晚上熄燈之後，她都要把這個願望講給他聽。她說，當她那麼走動在街上時，身邊會伴隨許多移動的骷髏，它們為她歡舞助興。它們唱的歌，在你們聽來就是陣陣北風。

他搖搖頭。有時，他掖捺不住了，說，不要講了，亂說有什麼好處呢？別人聽見了，那怎麼了得，全城都會傳遍的，這兒中國人就那麼可以數得清的幾個！

那麼小心翼翼，提心吊膽，讓她背轉過身。他的話從另一方面來講，無疑是在敲醒她，讓她明白自己處於何種位置，她所擁有的一切，是不適應這樣行為方式，哪怕僅僅是說說話！可我首先是一個人，一個實實在在有七情六欲的女人。試問，誰不需要自由、舒暢的自由？

有時，男人就像一個氣球。當女人給男人打氣時，男人反而會癟下去，男人飛不起來。她總結道，決不是因為他沒有隨風揚起臨肩的頭髮，整齊白潔的牙齒，兩道劍般堅韌不屈的眉，這些在婚姻生活中不處於優勢位置，而是男人連氣球都不如，從一個女人到另一個女人，他不是採取飛的姿態，而是跳、滑、摔破罐子的破法。而激情所代表的一種極端犀利的節奏，是男人永不能懂得，哪怕手把手教，心拉心的引領，他的嘴唇不可能濕潤起來，皮膚不會染上朝霞般的羞澀（比大膽還大膽的調味劑），他當然也不會渾身顫抖，像她這樣，從心裡發出呼喊。

# 長夜

女人靠著牆向前走動。沒有人看見她。

這時，該是午夜了，天卻像正午那麼明亮。

小女孩站在牆拐角處。

「允許我暫時離開你一會。」女人背轉過身，她以為這是幻覺，只要轉過身停頓幾秒鐘，她便會弄清是怎麼一回事。但她回過身時，那團火，耀眼的火消失了。空氣裡似乎迂迴著一串銀鈴似的笑聲：哈哈……哈哈……

她一身紅衣，是我做的。

她的笑聲是模仿我。

女人含著酸苦的液體，屏住嘴，讓液體淌下喉嚨，在胃裡遊蕩。她因難受，還是因為激動，手狠狠地敲著木板牆，臉貼了上去，親吻女孩剛才站立的地方。木板牆上，許多灰塵，線繩一樣爬纏她的臉、脖頸。

# 花園

這樣過去了一段時間，她有些累了，便坐在地板上，白衣裙卷成一團。高低不一的窗子顯得更加高低不一。

透過木板間的縫隙，望出去：樹葉一地，金色的。還不到秋天啊！昨天立春，多麼巧！十幾年前在小院，十幾年後，在地球另一邊，在這幢樓房，在這個也愛下雨的城市。那時，絕望難忍的活著，設想到以後的日子，一種偏執於幼兒園孩子的稚氣病，竟和今天的生活如此一致，一致得讓人生怕！

那時，沒有窗外的空地，沒有這些長又寬發亮的地板、潔淨的水晶吊燈的走廊。風一吹進來，走廊裡就發出清脆的風鈴聲。那時，沒有這份溫飽、自在和深入骨頭的淒涼和傷痛。也沒有白天夜裡徘徊在街上的貓和狗，與人比賽誰投在夜中草坪上的影子長，看誰能把道路邊凋謝的花朵的魂重新呼喊絢麗起來。一兩聲鳥鳴，僅僅是一兩聲，就足以在樹葉上震動一個夜晚。

這時，她看見兩隻鸚鵡關在籠中掛在樹上。

她被牠們吸引住了。心想，牠們在那兒，是從什麼時候開始，牠們什麼顏色？月光把她的眼睛蒙上一層薄霧，因為距離還是疼愛她？

走近，才看清楚，鸚鵡羽毛黃色，嘴尖型，如兩指尖並連在一起，需要分開便分開，需要相連便相連。

午夜早過。鸚鵡叫了一聲，睜眼瞧她，她笑了，是瞧她身後的那棵玉蘭樹，嘴一啟一閉，叫聲有了節奏、有了韻味。

你這麼惹人疼愛，給人歡快，但真憐你疼你愛你，願意給你打開籠子的人，一個也沒有。她的聲音，慢慢的，有氣無力的。鸚鵡似乎在聽。

突然，她低下頭，不敢瞧已沈默的鸚鵡。拉直衣服上的折皺，她對自己吼叫：久而久之，你也會像牠們一樣，成為一堆毛，幾根骨頭。

## 開滿金銀花的角落

我沒有動，還是原來的姿式。一種陌生的聲音順風潛來，很像世上另一個方向的聲音，飄渺、輕盈極了。神，上帝還是我熟知的王薩福？充滿了真情和苦心：

你知道你對事物的失望，包括對同類的失望，但你永遠不會……那聲音停了停，更貼緊我的皮膚之後，繼續響起：但你永遠不會知道你對你自己的失望。最後這段聲音被憂傷浸透，直淌水滴，比淚還澀，流在我的唇邊。

我吃驚，我肅然。

淡淡的浮雲，幾顆寒星掛在天邊，多麼像一個人整整的一生。

四周格外寧靜，這寧靜，令我真想把天撕開看個清楚，把地劃開弄個究竟，把我自己從頭到腳，從裡到外搞個水落石出。但這寧靜是如此頑固，不容侵犯。這寧靜於我象徵什麼呢？對更多的人而言，拋開這象徵，它還叫寧靜麼？

木板牆上的窗子，稀稀拉拉敞開，有些影子在窗框內搖晃。

我朝上望去，那些影子，沒有臉，不是我認識的任何一種回憶，也不是那個女人眷戀的一團耀眼的火，一個三歲的女孩。那個女人描敘過的笑聲在移過來，火焰卻在消退。這兩者居然第一次不協調了。我選擇那個女人，作為一個視角，不就是等於選擇了一場煙霧，這種一瞬即逝的事物？我習慣了一瞬即逝，我自己就是一瞬即逝，被命運招手而去，又被命運派遣回來，開滿一片金銀花。

# 陶醉

她從來沒有像今天這麼專注於自殺。一本小冊子上介紹過世上自殺的方法共有四百九十種。其實遠遠不夠。只要變一個人，變一個地方，變一種繩子、刀、槍、藥，變一牆一房一手指，都不一樣；變一種心態，又不一樣了。

在戰前和戰後，就不一樣。就像在做愛前做愛後不一樣，那麼，在時間的快慢上也可轉悠出許多不一樣，飛機、潛水艇、月球、太空、地下幾千里的古老之城等等，不勝枚數。可能只有一樣，死的過程之中，這個人是心甘情願的，否則，怎麼叫「自殺」呢？

她提起自殺兩字，就滿臉飛紅，霞光飛渡全身。

她把所知道的前人的自殺方法拋到天邊，她覺得那些死法太愚蠢，太做作，甚至還寫好了墓志銘、遺言遺書呢？還準備了一套又一套的道具和燈光，恨不能把劇院舞臺搬來助威。

她的自殺之法是從娘胎裡帶來的，那死充滿奇境，猶如一道凱旋門，她不說，人們也知道，那是一種怎樣的死。

她沒有死成。她的對手尋不見，便構築不了那道凱旋門。

她想念這死法，不如說，她在想念那對手。

## 三年後

你該六歲了。你別哭，這哭現在變成了笑聲，我聽得出來。彷彿在說你需要的並不是蛋糕、月亮、積木、冰鞋。你需要我，這就夠了？你的照片，歪著腦袋，舉起右手，搖擺了一下，算作回答。

她多想點燃一把火，兇猛的火吞噬著房屋、花園、池塘，席捲整個公墓、教堂、整個城市。你可以看到我，我在欲哭無淚，已是一個年老的女人，只為你。

走廊兩側熟睡著全是像你一樣大的孩子、我一樣老的女人。這火不能點。走廊盡頭睡著男人們，他們對你心存不良，一肚子壞腸爛肝肺，這火也不能點。讓孩子、女人們活，是他們應該活；讓男人們活，是他們活著受罪、死了不就太便宜了這幫牲口了嗎？「活呵，好死不如賴活，行屍走肉也要有人來做。」瞧瞧，這些白日裡還個個衣冠楚楚的先生們說的什麼話？

像是對自己的掙扎作一番理順的工作，她將打火機、火柴通通扔進垃圾筒裡，一頭扎進亮著微光的酒吧裡。沒有出路，對任何人而言，一切捍衛都是枉然的。她開始叫酒，身子傾斜在酒櫃上，看一個卷毛鬼為她付酒費。

## 相遇

她迷惑的眼睛黑又藍，發著光，看我時，像一滴滴柔軟的清水掛在眼眶裡，隨後，便輕輕掉在臉頰上，流著浸入皮膚裡了。我在這些水分子下面聽她說話。

那個霧漸漸濃厚的晚上，在露天咖啡桌椅旁，我安靜地品嚐她的聲音，像品嚐久違的一杯上好的咖啡。我入神地看著她。

然後，我帶她回家。來到工作室。我拿起筆，擺弄稿子，我的手一陣顫抖，卻一字也寫不出。她在浴室，浴液的芳香混合著她身體的氣味，向我襲來。

她的聲音在黑暗中響起：那內心的巢穴，由本能構築，填滿了腳跡，親吻。居住在裡面的不是鳥，鳥是雄的，是天上的。

你是說應是地穴的、海深處的都行，比如魚。比如海藻、水草、珊瑚，另一種有翅的動物。

你喜歡我送你的魚圖案的上衣嗎？

喜歡，難道你沒看見這一點？

她瞧瞧我，彷彿第一眼看我時那麼驚詫，懷著一種偏離正軌的沈醉。她一遍又一遍撫摸我的稿子，抄著上面的標題，並不忘寫上時間，一頁又一頁。做完之後，她把手放在桌子上，移向椅子，是獲得了一種力量麼？她帶著好看的微笑，和我從房間的不同方向向一張窄小的床走去，相遇在那兒。那喃喃的聲調，在切開窗外的黑暗，促使雨從雲層裡傾瀉下來。我總以為你弱小、瘦骨伶仃。沒想到，造物主給了你這麼豐厚的資產，你的頭腦、你的身體都讓我不忍多看你一下。你茁壯的生機，不衰竭的生命力。呵，你的臉長得並不十全十美，但和你的心靈一樣使人激情不滅，在別處無法尋求。天哪，是你的文字揭示了秘密，引我前往，我多麼幸運！

傾聽這些如細雨涓涓流淌在青石路上的聲音，我意識到只有遠離她——我的神，我才不會玷污自己對她的情感。

她不知道，她對我來講意味著什麼？

她還不知道，她對我有多麼重要？

她的手比絲綢還軟還輕地環繞我：我要使你幸福、快活。像你天性一樣無憂無慮，愛人、愛自由。你凝視天空，天空就飛滿會唱歌的鳥，你凝視河流，河流就游滿會跳舞的魚，你凝視人，人就無緣無故地追隨你。

我和她隔著只有時間和水能穿過的距離，她說她不願看見我的眼睛，再被彌漫憂鬱的陰影、悲哀。她要我記住、永遠記住，我是她在現實與想像中，最讓她動心又情願用一切去換取的人。

她對我說，她從未對人說過這類話，她不會將她的胸懷讓另一個女人或男人躺在其中。對我之外的人，如果能夠，她就是冷酷。她從沒有像對我這樣對待過別人。

那一夜，時光格外慷慨無私，流逝得異常緩慢。到後半夜，她平躺著，握著我的手，講述了曾有過的一段戀情，一個舞蹈導演和她的故事。她記得她和他的每封信，她一段段背給我聽。她說這些信耗盡了她年輕的生命。他娶了一個美國醫生。結婚前，他跪在她面前請求她：

我不要星條旗、密西西里河、導彈、宇宙飛船、月球，在我們之間永遠也不存在這類東西。

留下我吧，留下我。我情願回到我們在郊外的家，過一種採菊東籬下悠然見南山的生活，平淡但幸福的生活。

我愛你，唯有你，才是我這一輩子甘心情願相守的人。

她什麼話也沒有說。既然已經上路了，就絕不要有一絲纏綿的回首。可她的心裡卻希望這一切不過是一個夢而已。

他走了，從此音訊渺無。

她躺在我身邊，一動不動，只有聲音在空氣裡遊動：他才智過人，性格剛烈不羈，為了夢想會不惜一切去獲取。他太了解自己了，知道自己需要什麼。他患有嚴重的氣管炎和其他一些疾病。他清楚奮鬥的過程中一個有錢的美國醫生的價值和作用。她側身看著我，半天之後說，你不像他。我本不想對你說，可我還是忍不住，你屬於另一類人，與寂寞、孤獨作伴的作家，不隨時應世，對功名、榮華富貴看得很淡。你甚至不願意拋頭露面。你太傲氣了，這不好，這會使你每時每刻都受到傷害；你太真實了，以至於你像不食人間煙火的幽靈，是一陣不可捉摸的風，一團解不開的雲，一個握不住的影子，一個支離破碎的夢中之夢，瞬間便消隱了。

我多麼厭惡你的名字。她說，這名字就是表明一種不存在的意思。

我愛這個名字。我堅持道，露出笑容。

但我卻早已融化在她的氣息、聲音、像絲綢那麼細的皮膚、像火焰燃燒的血液裡了。這個夜晚，這個黎明，我沒有我的過去、我的將來，只有我的現在，快樂，平靜，毫無羞愧。

## 十字架

沒有人知道我常去光顧教堂。每到一個城市，我便打聽教堂在何處。然後一個人悄悄靠近它。這時，我在《詩篇》中看見神，在《雅歌》裡看見愛情，在天使的歌唱中，我飛了起來。

出教堂後，無論在街上哪個角落，在地鐵或超級市場，我都能從眾多的聲音中辨別出哪一種聲音是她的。希望迎面碰見她。我想擁抱她，愛她。

我要帶她去彼岸故鄉的小院，告訴她，從前……

這是一個夢！的確是一個夢。我做了一天一夜。

我在做一個夢，上帝，讓我就這麼做下去。

還是一個午夜，雨淅淅瀝瀝下起來。院子裡水池的荷葉正青，蓮花開得正白。路過時，蓮花猛地變成紅色，微微顫抖，一滴滴露珠滾落進池裡，濺起一道道細微的波紋。像誰的心？

我現在做著夢，發著高燒！我多麼留連於她的聲音和微笑，她垂在額前濕淋淋的長髮！那座房子，如此多的門、池子和雨水。我懷疑是她製造的一個神祕的城堡，憑藉愛的力量？她自己就是一座神祕的城堡，我只要進入了，就再也找不到方向和道路，就再也看不見其他的人了。

我怕失去。我抓住這個夢，渴望它陪伴我，直到生命畫一個句號的時候。她甚至可以使我想起我的前生前世。我絲毫不懷疑，那時我和她就在一起。

別，別，別停住！別用清醒來毀掉我的這種沈入，那樣我的生活便不再屬於自己，而僅僅屬於一個男人，那是可怕的！我願意這麼在她的城堡裡，偶爾，閃出身來，把世界看個仔細。終於，我停止在文字的後面，這隻懸空的手，無力地攤開了。我再次承認：無論我尋找怎樣一支筆來回憶她，都是徒勞的。十字架豎立在夕陽下，能構成一種風景，卻構不成我與她之間的遐想。她提供我在這兒敘述的位置，如同我提供她被瞻望的位置，這便是奇蹟。

## 這樣痛楚的顏色

我看見X了。他說，她還未結婚。

你告訴我這些幹什麼？女人眼睛也沒睜開回答丈夫，仍躺在床上。

她不會結婚的，即使結了婚也會離掉。我知道她，她有時是天使，更多的時候是人面獸心的鬼魔，為此很累，很疲倦，也很興奮。她的眼睛眨個不停，像在眨掉什麼不喜歡的東西一樣，這時她是最動人的女人，雖然年近四十，愛她為她狂的男人依舊無計其數。她有揮霍不盡的感情，揮霍不盡的精力和時間。當然，在經濟上，她也是富有的，「錢可是能用盡的啊！」她明白這一點，也明白其他幾點。

你好色。她對她說過。

她笑笑，說，但我不會淫得染上不治之症。她總是這樣低沈著聲音說話，叼一根香煙，吞雲吐霧。

女人伸出手，想煽開湧向她的煙霧，手卻被丈夫抓住，放回被窩。

好好躺著，別著涼了。他說，醫生一會兒就來了。

誰請你叫醫生的？女人想質問丈夫，但未說出口。醫生來就來吧。她的病，是醫不好的，跟放在玻璃盤裡幾顆草莓的形狀一樣，不，跟它們的顏色一樣，好看，鮮艷，隱含著誘人啟動利齒的衝動。而我的利齒在哪兒呢，我在哪兒把它丟棄？她抓自己的臉、胳膊、睜大眼睛問。

## 求救

她格外震驚，在無數次去無數個教堂之後，她被眼前這座山崗上的教堂驚住，裡面走廊和小院的走廊一樣長、一樣陰暗，連油漆的顏色都一樣，黑色，上面是一些枯乾的眼珠並連著。一位修女服飾的人出現在她面前，身材很像夢中吊死在閣樓的那個舊時代的女人，長長的袍子、一雙腳露在外面。

你信天主麼？她嘴角　動，問。

信天主。

她繼續問，手放在胸前，天主是誰？

造天地、造神人、造萬物的主宰。

天主是神不是神？

天主是怎麼有的？

天主在哪裡？

樣樣的事情，天主都知道麼……

她神色嚴肅地說：天主是無形無像的純神。天主是無始無終的，是自有的。天主無所不在，處處都在。天主樣樣的事情全知道，無論過去、現在還是將來，連人心裡隱秘的一閃之念，天主全知道。

她說天主知道她，她也知道天主，從她和教堂第一遍鐘聲相互熟悉相互依賴時，她就告訴過自己：我不能夠不去重視第二遍鐘聲、第三遍鐘聲。這鐘聲包容的一切，我不能稱之為懺悔。

## 我看見

太陽穴爆炸似地疼痛，她生病。

站在屋內，半片鏡子堆積的灰塵遮住她的臉。透過灰塵，那是一個顴骨突兀，眼窩深陷的女人。天氣暖和，越來越暖和。

她不愛那段馬路，那條無人的街巷，那隻拉著她的手。比起她的愛情、才智和融入她倆的那些時光，她更迷戀她的臉、手指以及沁在皮膚表面的汗珠。

我叫不出任何一個人的名字。這個人那個人都已消失。我再也想不起來，曾經有過這麼一段灼痛的感覺幸福地窒息過我。這個人那個人混淆不清。我只能繳械投降。她停止和自己說話，睜開眼睛，他衣服齊整站在對面注視她。第一次她感到自己的身體與他離得這麼近。白色的窗帘拂動。薔薇爬滿花架，順著橡樹在伸展枝蔓，如她的幻想，極準確地說，代表了她的幻想。

她對幻想充滿了依戀，跟對故鄉充滿依戀一樣。實際上，她不過是給了自己一個錯覺，進入自己設計的騙術，騙所有騙她的人，騙自己，並容忍繼續騙自己。

抹去眼角的淚，她蜷伏在床上。

男人離開，男人總是要離開的，即使他是你丈夫、父親、兒子、情人。她病一天天加重。藥怎會使我病好？她笑道。她必須如此：穿過茫茫長夜，穿過時間空間的距離，拼命吸取空氣裡殘留的小院的氣息，那些死人的味道，發霉的房間，老鼠、貓慘叫的聲音，非人非鬼的腳步，格格格的笑聲。她需要這些，如同她需要水、需要陽光和往昔那一次又一次搗毀她生命的狂暴。

## 十三歲

在我變成一塊石頭時，我沒有心。我屬於石頭的同類。小院的大石頭，江邊的各種稀奇古怪的石頭。淺黃色的沙灘、白色的岩石，冷酷的象徵。那時，十三歲，我坐在江邊，望著大石頭上一排排孤零零的院子，像一排排小盒子，像一排排棺材，懸置在峭崖上。我哭呵哭，我始終是一個人，沒有人肯將我帶走。我就這樣一邊想一邊哭一邊望著石頭，最後成為石頭。

我要那天的雲和風，那天的河水湍急的拍擊我的身體。可是沒有了，再也沒有了。那天有的，這兒將永不可能有，這兒沒有的，那天卻擁有。這兒，我這頭迷失的羔羊，終於對著喝啤酒曬太陽的紳士淑女們大叫大嚷：你們把我殺了吧，就像我想把你們殺了一樣，把我殺了。

我只有死了，才能屬於十三歲，屬於不屬於石頭的那個有血有肉的少女，我才能擁有那天的雲、風、鋪在江岸上一級又一級的石梯，注視船從河流上行駛，江鷗，一隻，又一隻地朝我飛來，歡叫著，抖落濕濕的雨珠。

他扶住我，把我弄回家。

你別盯著我，像一隻復仇的狼。他帶著一絲微笑說。

你對我不好。我看也不屑於看他了。你對我這樣，我該怎樣重新與你開始？我說，如果你將我變成十三歲，便什麼事也不會發生，我不會跑，不會鬧，不會絕望，這種絕望遠比從前的絕望猛烈一千倍，這種絕望才是真正的絕望。我說，你對我不好，是你對我太好的緣故，教我從此不祈求，誰待我怎麼樣了，好與壞都一樣。親愛的，告訴我，你為什麼要這麼做呢？

她看見他的肩抽動，臉背了過去。

## 鸚鵡

她來到房外的空地，走到樹下。籠子仍在，兩隻鸚鵡仍在。看清的確是黃色的羽毛，紅色的舌頭。跟以前見過的一模一樣。

走近，打開籠蓋，一手一個捏住鸚鵡的脖頸。她要鸚鵡歡快地叫，她要給牠們自由。手一鬆，鸚鵡沒有飛走，叭嗒一聲掉在地上。她掐死了牠們。

我的手這麼有勁？她盯著自己的雙手，連連後退，渾身冷汗，頭昏眼花。不，她明白她並不想牠們飛，也不想牠們囚於籠中。死，唯有死，才是最好的歸宿。

## 心願不及

孩子，願主寬恕你的罪，拯救你的魂。主明察萬物尤其人心。願主賜福於你。阿門！修女模樣的人說完話，便消失在十字架墓碑深處。她吐出的字清晰、柔和，一字一個回聲，縹緲在空中。

好，很好。她手舉起來，放在胸前。

輕浮、放蕩、無恥，她這樣罵自己，很解氣。接著她說，事實上，對現今的人，哪一個值得我穩重、高尚、潔身自好呢？說潔身自好四字時，她掛著無盡的嘲笑，嘴唇歪到一邊，這已是哪個朝代哪個國家哪個地球了？她像小時那樣跺了跺腳，去這些假道學的蛋吧！我要自己怎麼想，就怎麼做，不顧念不猶豫，也不必羞愧！

她要詛咒，不再重視肅穆的鐘聲臨近與消亡。主啊，你既然無所不知，無所不容，那麼，你也應容下此刻這個我……

## 與大海為伴

生疏、遺忘、同情、無辜在她們意料之中。一個已不年輕的女人在海邊，點燃一支煙，遞給另一個相同年齡的女人，你再來一支吧！她們抽煙，很厲害。

靠近礁石的女人吸了一口煙，盯著彌漫在面前的煙圈說，她就要去尋找幸福。她知道自己戒煙多年，而一抽煙，就明白抽煙意味著什麼。她說愛她的那個男人也明白這一點，一看見她抽煙，臉色就發青，手直抖。在平日裡，她不沾煙。

「我要去尋找幸福！」她在煙霧之中堅定地說，身前身後的路被煙霧襯得異常清晰。

「幸福？何謂幸福？」穿長裙，頭髮被海風吹亂的女人問。

對方繼續抽煙，望著大海閃閃的銀光，不予回答。

「父親、母親，異性包括同性都沒人給我，我也未給過他們。」

「所以你渴望。」那個頭髮亂亂的女人望了斜靠礁石的女人一眼，「幸福根本沒有，像愛情，從我們來到這個世上，我們就知道這一點。說它，不過是漂亮的裝飾，自欺欺人罷了。」

「我要去殺人、放火，我要幹，一定要幹。不，不，這遠不如我另一個心思強烈：去海上，漫游大海之中，直到自己變為一片海水。」

頭髮亂亂的女人手裡的煙掉在沙灘上，她慢慢朝礁石走去，把頭靠在說話的女人肩上，取過女人手裡的煙，慢慢地放到嘴上，吸了一口，然後，把煙放在女人的嘴上……

## 頂樓

一聲雞鳴，天已經有些亮了。

這個患失眠症的女人耳邊響起一串格格格的笑聲。夭折的小女孩的笑聲。是你。這是最後一層樓，上面是天空，下面是黑壓壓的山澗、溪水、樹叢。

她頭髮散亂，眼睛紅腫，徘徊在屋頂冰冷的水泥地上，腳步輕盈，不著地，飄飄然。小女孩的笑聲整幢房子都充斥了，樓在搖晃，天空在搖晃，她禁不住想隨小女孩的笑聲笑了，到處都是小女孩的影子。

僅僅一眨眼功夫，一團火便消逝了。她凝視著，說，天快亮了，是的，該是你離開的時候了。

我還是我，不會改變。

乾脆隨你去。她跪在水泥地上，手捧著自己的臉：你要我陪伴你嗎？

## 忘卻的細節

女孩出現在走廊，頭髮是樹葉，身上也是樹葉。無數的樹葉一片一片連在一起，緊貼光滑的身體。她沒有臉，她不是女兒，也不是十三歲時的她。

這次，不是在夢裡，跟煎沸在鍋裡的手指、腳指的情景一樣真實。她記得很清楚：鄰近的院子，有位二十五歲的女人，把自己只有三個月的孩子用開水燙死了。生下第二個孩子，不到兩個月，丈夫回家，發現孩子不見了，屋裡屋外每個角落每個可能的位置都找遍了，都尋不著。肚子餓得咕咕叫，去揭開大鐵鍋，發現嬰兒在裡面，已被妻子煮死了。男的當場被氣斷了氣，女的見男的死了，就瘋了。終日遊蕩在大街上，見誰跟誰，在男人間輾轉，從一條街到另一條街，到無人可要之際，便跳了河。那時，她才真正瘋了。

那煮死的嬰兒白嫩，眼球凸著，嘴張開，四肢緊縮，手腳伸展開。不像此刻這個樹葉披身的女孩，這麼令她愉悅。

# 重複之冬

許久以來，他們同室分床而睡。白天，兩張單人床合在一起，罩上床罩。檯燈，淡綠的牆紙、瓶中的黃玫瑰。鏡子裡，她的晚禮服把她襯得苗條、優雅而高貴。

掃視著鏡子中的家俱，還有自己，她真想摧毀這一切。她渴望暴力，甚至戰爭、血流成河、死屍遍地。她對死寂一般的生活膩透了，她知道，這種生活中，再也不會出現奇蹟，這種生活就是這種生活。

他在臨窗的床上熟睡。她則翻來覆去睡不著。她可以在小說裡渲泄，以彌補她在現實中的缺憾，她厭惡自己。小說中的一座古堡，沒有風暴，而古堡外土地長滿肥沃的青草，開滿叫不出名字來的鮮花。安寧的氣氛、心曠神怡到她無法忍受的地步。這次怎麼啦，我無法主宰自己的生活，連自己的小說也主宰不了？她決定，要麼全部棄之，重新構思一個恐懼的故事，要麼，讓這個古堡闖入一個異類，從此天下大亂……她下床，走到他身邊，想搖醒他。

她不能夠，她退回自己的床。他是誰？他，於她，不就是一個陌生者麼？誰在對我說，或是我對其說，挺住就是一切。我要堅持。歡樂帶來的痛苦，比痛苦帶來的痛苦更能鎖住我們的手腳。

我對誰說？

我對誰說？

她對自己說，小院，實際上是一片廢墟，跟她小說裡的城堡一樣，已經不存在了，包括人。多少年前，她獨自一人到過那座城市，那個地方，僅僅是憑著那個名字叫《殘缺》的小說的誘導。

寂靜之中，他翻身的聲音扎耳地響。他說，你這個女人……他在說夢話。她不是有意要那麼做，去接他的話，讓他往下說的。他說了整整一夜，說和她在一起的點點滴滴。他說他情願要一個婊了也不要她。他說三歲的寶貝不是他的孩子。他說女人在不知道時是天使，知道之後便是魔鬼。

她撕自己的睡衣，睡衣如紙片那麼飛落。她聽他說，自己也說，我不是在撕衣服，而是在撕自己的皮，他的皮，讓皮掉下來，看誰的骨頭白、肉紅？

# 關於寶貝

山坡上有一座石頭房子，山坡下，一個池塘，青青的草，風吹過，便偏向一邊，帶動塘中之水，泛起一輪輪漣漪蕩來。

寶貝穿一件紅毛衣，正在樹下拾熟透了掉下地的李子。樹不高，但果實纍纍。她坐在房前陽光下寫作。正準備回屋取稿紙，無意之中回頭，發現寶貝不在樹下，也不在草地上，便急忙來到池塘邊。波紋閃耀，晃動的光線裡彷彿有兩隻小手在亂抓掙扎。

她想也不想，跳進池塘，撈呵撈，什麼也沒有，什麼也沒有。樹上的李子直往塘中掉。她的身體漂浮在水面。寶貝，你在哪裡？她的聲音在風中傳得很遠。她覺得自己托著女兒走上了岸。她和她一起倒在李子樹下。樹上的李子還在掉，一些在水裡，一些在她們身上。水中的李子似乎很空、很輕，漂浮在水上，像小汽球。她伸過手抓起一顆，咬了一口，才知李子很甜。身上的李子很沈很重，像鉛一般。李子越堆越高，越堆越重，如一座山壓著她，她一顆顆向池塘裡擲去，濺起的水花，發出一種令人噁心、嘔吐的氣味。

寶貝到底是怎麼死的？這是個至今也未解開的謎。或許寶貝根本就沒死，不過在那一刻裡失蹤，離開了她和他。她不明白這是怎麼一回事？女兒的到來、離去，偶爾閃現在她不眠的夜裡，這多像一個夢！但它不是一個夢，不過是她短暫的生命中遇見的許多稀奇古怪、又無法詮釋的事中的一件而已。她頭髮蒼蒼，老態龍鍾，重回桌前，只能回到桌前，凝視碧藍無雲的天空，如同重新凝視那過去了的一切。

# 後記：我的朋友是紅狐

我的右手心生有一黑痣，算命先生們對此說法各一，但我相信其中一種：我終生得靠這手吃飯。果不其然。

於是命中注定爬格生涯。至於怎麼將字排得像模像樣，活像一篇小說，甚至像一首詩，而且排得讓讀者瞅幾眼，與其說靠才氣，不如說靠運氣。

從八十年代初起，我就靠賣文為生。那時好高騖遠，愛做分行遊戲，愛在劣質酒中找靈感，用過好幾個花花草草的筆名。那真是個詩人的好時光！發表二三首小詩就可有滋有味地過一個月。沒錢的時候，靈感還又多又好，飢餓的胃裡冒的聲音全是佳句。實在緊要時，肯借錢給詩人的人，那時候還有那麼幾個。

記得第一次稿費三十元，和一個女友，跑去燙火鍋，大熱天，邊吃邊背詩一個晚上，才六元。現在六元錢，打個水漂都不值。主要是現在寫詩要賺六元，還真不容易，更難找到一個有錢的人，看見詩人不趕快跑的。

從小家裡人多，地小，寫字常常就蹲在地上，有時趴在石頭上。那時候做夢，也盼望能有一張桌子、一個屬於我一人的房間。

在國外遊蕩的作家喜歡比誰換過多少床，有上百的，有幾個大詩人近三百。我換過的桌子可能比他們的床還多：在那些不安定的年代，吃了上頓，下頓就得想辦法，那時，我換過的桌子真多。那些桌子，結局皆不怎麼如意。

本來我以為我會破換桌子的吉尼斯記錄了。忽然，在倫敦安下家，我終於有了自己的桌子和房間，這年我已經二十九歲。

生活就這樣，不少人羨慕我，說我有丈夫養，不愁在國外謀生之苦。我當然是睜著眼睛找丈夫，滿世界男人裡挑，挑得太小心過份，如挑字，惹來壞名聲。挑心腸慈悲，挑有學識又非書呆子。恰好撞上他有份終生大學教職，又憐惜我和我寫的字，不嫌棄我那種身世。一般男人也不能不在乎的壞名聲，他聽了，一笑了之。在我看來，是老天可憐我，唯一的一次，好運的光環掉在了我頭上。

總覺得書桌得之不易，更何況我從來都不肯做一個寄生蟲，不過我唯一會做的事只是寫字。每日必坐在桌前，窗外有三棵老樹，常有奇怪的鳥光顧，想以特殊的吟唱引起我的注意，這時流瀉在手下的字會禁不住跳動。有時，月亮在白日就出現，書房音樂已經一週不變地重複一個曲子，我穿睡衣睡褲，葡萄酒快喝到瓶底，我就知道天快亮了。

書桌上必然有一個鏡子，我看著自己的眼睛，故事中已經淡掉的圖像，還在裡面走馬燈似的打圈。第二日醒來，重看一行行字，有時發現有狡詐的靈魂附在字上，我只是在記錄。更多時候，則明白是魔鬼在背後盯著我，讓我盡寫廢話，只得趕快燒之。

因此，我必須與魔鬼交戰，這是我寫作的苦惱，只好盡量不去參加應酬聚會，盡量不去旅遊。逛商店嘛，實在熬不住去一趟。明白自己寫下的，很少會讓自己滿意，就只能將勤補拙，多寫多扔。我因寫字沈重的手，不時作出一個自己懂的姿勢。我可以自豪，我是在一個陌生國度靠寫漢字養活自己。

有兩個地方我喜歡去，舊書店和新書店。站在那兒，上下左右掃一眼，做一個作家的渺小一清二楚。再偉大的作家，寫作只不過是為舊書店提供貨源。這恐怕是治療寫作心理障礙的一個良方。

在寫作的路上走得越遠，越是朋友稀少。我家附近一帶，有不少荒原，據說有狐鬼出沒。我的確看見過一隻漂亮的紅狐，經常在我的花園裡一閃即逝，這個雨水淅瀝的城市，的確有股森森鬼氣。

她是從另一個世界來的。那兒，一切和這裡不同，那些鬼怪實際上都是與這個世界相處不了的人。他們彼此性情相似，不必用人造的裝飾包裹起來，一人擁有一個小小的島。

我划舟訪問他們，沙灘便是紙，足跡就是文字。

我終日期待紅狐再來，我將尾隨她，同時，帶去我不在世上和尚存世上的親友，這時，我擱在閣樓上的帳篷真的就可以有用了，說明書介紹，這種帳篷一吹就會變大三倍，三，正好是我的好運數字，裡面大到足夠放上書桌。

# 三民叢刊書目

|  |  |
|---|---|
| ①邁向已開發國家 | 孫　震著 |
| ②經濟發展啟示錄 | 于宗先著 |
| ③中國文學講話 | 王更生著 |
| ④紅樓夢新解 | 潘重規著 |
| ⑤紅樓夢新辨 | 潘重規著 |
| ⑥自由與權威 | 周陽山著 |
| ⑦勇往直前<br>・傳播經營札記 | 石永貴著 |
| ⑧細微的一炷香 | 劉紹銘著 |
| ⑨文與情 | 琦　君著 |
| ⑩在我們的時代 | 周志文著 |
| ⑪中央社的故事（上）<br>・民國二十一年至六十一年 | 周培敬著 |
| ⑫中央社的故事（下）<br>・民國二十一年至六十一年 | 周培敬著 |
| ⑬梭羅與中國 | 陳長房著 |
| ⑭時代邊緣之聲 | 龔鵬程著 |
| ⑮紅學六十年 | 潘重規著 |
| ⑯解咒與立法 | 勞思光著 |
| ⑰對不起，借過一下 | 水　晶著 |
| ⑱解體分裂的年代 | 楊　渡著 |
| ⑲德國在那裏？（政治、經濟）<br>・聯邦德國四十年 | 郭恆鈺<br>許琳菲等著 |
| ⑳德國在那裏？（文化、統一）<br>・聯邦德國四十年 | 郭恆鈺<br>許琳菲等著 |
| ㉑浮生九四<br>・雪林回憶錄 | 蘇雪林著 |
| ㉒海天集 | 莊信正著 |
| ㉓日本式心靈<br>・文化與社會散論 | 李永熾著 |
| ㉔臺灣文學風貌 | 李瑞騰著 |
| ㉕干儛集 | 黃翰荻著 |

60 蝴蝶球傳奇　顏匯增著
・真實與虛構
61 文化啓示錄　南方朔著
62 日本這個國家　章陸著
63 在沉寂與鼎沸之間　黃碧端著
64 民主與兩岸動向　余英時著
65 靈魂的按摩　劉紹銘著
66 迎向眾聲　向陽著
・八〇年代臺灣文化情境觀察
67 蛻變中的臺灣經濟　于宗先著
68 從現代到當代　鄭樹森著
69 嚴肅的遊戲　楊錦郁著
・當代文藝訪談錄
70 甜鹹酸梅　向明著
71 楓香　黃國彬著
72 日本深層　齊濤著
73 美麗的負荷　封德屏著
74 現代文明的隱者　周陽山著
75 煙火與噴泉　白靈著

76 七十浮跡　項退結著
・生活體驗與思考
77 永恆的彩虹　小民著
78 情繫一環　梁錫華著
79 遠山一抹　思果著
80 尋找希望的星空　呂大明著
81 領養一株雲杉　黃文範著
82 浮世情懷　劉安諾著
83 天涯長青　趙淑俠著
84 文學札記　黃國彬著
85 訪草（第一卷）　陳冠學著
86 藍色的斷想　陳冠學著
・孤獨者隨想錄
A・B・C全卷
87 追不回的永恆　彭歌著
88 紫水晶戒指　小民著
89 心路的嬉逐　劉延湘著
90 情書外一章　韓秀著
91 情到深處　簡宛著
92 父女對話　陳冠學著

| | |
|---|---|
| 93 陳冲前傳 | 嚴歌苓著 |
| 94 面壁笑人類 | 祖　慰著 |
| 95 不老的詩心 | 夏鐵肩著 |
| 96 雲霧之國 | 合山　究著 |
| 97 北京城不是一天造成的 | 喜　樂著 |
| 98 兩城憶往 | 楊孔鑫著 |
| 99 詩情與俠骨 | 莊　因著 |
| 100 文化脈動 | 張　錯著 |
| 101 桑樹下 | 繆天華著 |
| 102 牛頓來訪 | 石家興著 |
| 103 深情回眸 | 鮑曉暉著 |
| 104 新詩補給站 | 渡　也著 |
| 105 鳳凰遊 | 李元洛著 |
| 106 文學人語 | 高大鵬著 |
| 107 養狗政治學 | 鄭赤琰著 |
| 108 烟　塵 | 姜　穆著 |
| 109 河　宴 | 鍾怡雯著 |
| 110 滬上春秋 | 章念馳著 |
| 111 愛廬談心事 | 黃永武著 |
| 112 吹不散的人影 | 高大鵬著 |
| 113 草鞋權貴 | 嚴歌苓著 |
| 114 是我們改變了世界 | 張　放著 |
| 115 夢裡有隻小小船 | 夏小舟著 |
| 116 狂歡與破碎 | 林幸謙著 |
| 117 哲學思考漫步 | 劉述先著 |
| 118 說　涼 | 水　晶著 |
| 119 紅樓鐘聲 | 王熙元著 |
| 120 寒冬聽天方夜譚 | 保　真著 |
| 121 儒林新誌 | 周質平著 |
| 122 流水無歸程 | 白　樺著 |
| 123 偷窺天國 | 劉紹銘著 |
| 124 倒淌河 | 嚴歌苓著 |
| 125 尋覓畫家步履 | 陳其茂著 |
| 126 古典與現實之間 | 杜正勝著 |
| 127 釣魚臺畔過客 | 彭　歌著 |
| 128 古典到現代 | 張　健著 |
| 129 帶鞍的鹿 | 虹　影著 |
| 130 人文之旅 | 葉海煙著 |

195
## 化妝時代
陳家橋　著

陳，在一次陌生人闖入的情形下，成為一個殺人的疑犯，他必須找尋凶手，找尋這個和他打扮一樣的陌生人；就在他從化妝師那尋找線索時，他落入一個如真似幻的情境，在無法自拔時，他被指為瘋子，被控謀殺，他要如何去面對這一切的問題……。

196
## 寶島曼波
李靜平　著

年少時天真得令自己淪為笑柄的悲慘遭遇，事過境遷後往往反為記憶中開心的片段。本書中收錄著作者兒時的種種突發奇想，那屬於孩提時代的天真、忘我，有的令人噴飯，有些令人莞爾。在兒時距我們越來越遠的當兒，本書絕對讓你返老還童。

197
## 只要我和你
夏小舟　著

本書作者早年負笈日本，而後旅居美國。儘管足跡從保守的東方跨入開放的西方，但作者對兩性情感世界的關注卻不曾稍減。書中所收一篇篇帶著遺憾的真實故事，不甚完美的結局，恰能提供你我一個正視情感與人性的機會。

198
## 銀色的玻璃人
海　男　著

「林玉媚走進了花園深處，她想看看吹奏薩克斯風的這個人是誰？……」是什麼樣一段不為人知的記憶，輕輕撩撥這即將邁入三十的女醫生心絃？循著四月天的癌症病房，她慢慢鋪陳出一段段似有若無的感情軌跡，讓心隨著它一同飛翔。

199
## 小歷史——歷史的邊陲
林富士　著

想窺視求符籙、作法事、占夢等流傳已久的巫覡傳統嗎？想了解中元普渡傳統祭典的現代性格嗎？屎尿、頭髮與人肉又有哪些有趣的象徵意義呢？處於多元化的社會，這些「邊緣」文化所表現出民眾對鬼神及自然界不可知力量的敬畏，值得您深入探討。

200
## 再回首
鄭寶娟　著

本書收錄作者近期滿意的短篇創作十四篇，情感深刻，直指人心。誰說小說都只是風花雪月、不食人間煙火的夢幻，作者藉著細膩的感觸、流暢的敘述筆力，結構出人生各個層面的真情實感；而正因這份真實，讓人感歎紅塵種種的可貴與無奈。

201
## 舊時月色
張堂錡　著

「每個人都有自己的日光風景，每個世代的人都會創造出獨特的回憶。……只要流過汗水，踏實走過，每一步都會閃著黃金般的亮光。」這本散文集或敘童年往事，或寫人物情緣，或抒讀書雜感，是作者向青春，向散文告別的見證，讀來別有感懷。

202
## 進化神話第一部：駁達爾文《物種起源》
陳冠學　著

達爾文《物種起源》一書，闡釋了「物競天擇，適者生存」的自然進化學說。一百多年來，人們一直戴著這副偏光鏡片去觀察世界，而不自知。本書以科學的論述，客觀地指出進化理論的矛盾意想，層層揭露了進化神話的迷思。

203

## 大話小說

莊因 著

作者以其亦莊亦諧的筆調，探觸華人世界的生活百態，這其中有憶往記遊、有典故，當然還有他所嗜好的飲食文化，綜觀全書，不時見他出入人群，議論時事，批評時弊，本著知識份子的良知良行，期待著中國人有「說大話而不臉紅的一天」。

204

## 人禍

彭道誠 著

太平天國起義是近代不容忽視的歷史事件，他們主張男女平等，要解百姓倒懸之苦。而戰無不勝勢如破竹的天朝，卻在攻下半壁江山後短短幾年由盛而衰，終為曾國藩所敗，何以有此劇變？讀者可從據史實改編的本書中發現端倪。

205

## 殘片

董懿娜 著

讀董懿娜的小說就像凝視一朵朵淒美的燭光。她筆下的女主人翁大都是敏感又聰明的人物，明明知道等待著她的是絕望，她還要希望。而她們的命運遭遇，會讓人覺得曾經在塵世間匆匆一瞥。本書就在作者獨特細緻的筆觸下，編排著夢一般的真實。

206

## 陽雀王國

白樺 著

中國施行共產主義，在政治、文化、生活作了種種革新，人民在一波波浪潮衝擊下，徘徊新舊之間。本書文字自然流暢，以一篇篇小說寫出時代轉變下豐富的眾生相，可喜、可憎、可愛的人生際遇，反應當時社會背景，讀之，令人動容。

207
## 懸崖之約
海男 著

「男人與女人在此約會中的故事，貫穿著一個幸運的結局和另一個戲劇的結局」。一個患腦癌的四十歲女子，她要在去天堂之前去訪問記憶中銘心刻骨的每一個朋友，也許是密友、情人、前夫，她的生活因為有了昨日的記憶，將展開一段不同的旅程。

208
## 神交者說
虹影 著

人的情感總是同時交雜著出現，很難只用喜悅、悲傷、恐懼等單純詞語完整表達。而本書作者細緻地記述回憶或現實的片段，藉以呈現許多情況下（如養父過世，或只是邂逅陌生人等）人複雜多變的感覺，使讀者能自然地了解書中的情境與人物的感受。

209
## 海天漫筆
莊因 著

或「拍案叫好」或「心有戚戚」或「捫心自思」，作者以其多年旅居海外經驗，與自身文化激盪的心得，發為一篇篇散文，不但將中華文化精萃發揚，亦介紹西方生活的真善美。且看「海」的那片「天」空下，作者浪「漫」的妙「筆」！

210
## 情悟，天地寬
張純瑛 著

本書乃集結作者旅居美國多年來的文章，娓娓細述遊子之情。其文字洗鍊，生動感人，處處展現羈旅之心與赤子之情。作者雖從事電腦業，但文章風格清新雋永。值得你我風簷展讀，再三品味，從中探索「情」之真諦！

211
## 誰家有女初養成
嚴歌苓 著

「巧巧覺得出了黃桷坪的自己，很快會變一個人的。對於一個新的巧巧，窩在山溝裡的黃桷坪和窩在黃桷坪的一切人和事，都不在話下。」踏出黃桷坪的巧巧會有怎樣的改變呢？如願的坐上流水線抑或是……

212
## 紙銬
蕭馬 著

紙銬，這樣再簡單不過的刑具，卻可以鎖住人的雙手，甚至鎖住人心，牢牢的，讓人難以掙脫更不敢掙脫。隨便揀一張紙，挖兩個窟窿，然後自己把手伸進去，老老實實地伸直了手，哪敢輕易動彈，碰上風吹雨淋，弄斷了紙銬，一個個都急成了哭相……

213
## 八千里路雲和月
莊因 著

本書可分為兩大部分，雖然皆屬於記遊文字、同在大陸地區，時間，卻整整相隔了十八年。作者以其獨特的觀點、洗鍊的文筆，道出兩段旅程中的種種。從這些文章，我們可以看見一些故事，也可以看出一位經歷不凡的作家，擁有的不凡熱情。

214
## 拒絕與再造
沈奇 著

新詩已死？現代人已不讀詩？對於這些現象，作者本著長年關注現代詩的研究，對現代詩有其深刻的體認，無論是理論的闡述或是兩岸詩壇的現況，甚至是詩作的分析，都有其獨特的見解。在他的帶領下，你將對現代詩的風貌，有全新的認識與感受。

國家圖書館出版品預行編目資料

神交者說／虹影著 -- 初版. -- 臺北市：三民,
民89

冊；　公分. --（三民叢刊，208）

ISBN 957-14-3142-7（平裝）

857.63　　89002608

網際網路位址 http://www.sanmin.com.tw

© 神交者說

著作人　虹　影
發行人　劉振強
著作財產權人　三民書局股份有限公司
臺北市復興北路三八六號
發行所　三民書局股份有限公司
地址／臺北市復興北路三八六號
電話／二五〇〇六六〇〇
郵撥／〇〇〇九九九八——五號
印刷所　三民書局股份有限公司
門市部　復北店／臺北市復興北路三八六號
重南店／臺北市重慶南路一段六十一號
初　版　中華民國八十九年五月
編　號　S 85549
基本定價　肆　元
行政院新聞局登記證局版臺業字第〇二〇〇號



ISBN 957-14-3142-7（平裝）